森林有童话

麝鼠杰里的秘密

〔美〕桑顿·伯吉斯（Thornton W.Burgess）著

〔美〕哈里森·卡迪（Harrison Cady）绘　沐雨 译

现代教育出版社
Modern Education Press

图书在版编目（CIP）数据

麝鼠杰里的秘密 /（美）桑顿·伯吉斯著；（美）哈
里森·卡迪绘；沐雨译 . -- 北京：现代教育出版社 ,2019.1
ISBN 978-7-5106-6672-8

Ⅰ . ①麝… Ⅱ . ①桑… ②哈… ③沐… Ⅲ . ①童话 -
美国 - 现代 Ⅳ . ① I712.88

中国版本图书馆 CIP 数据核字 (2018) 第 241973 号

麝鼠杰里的秘密

（美）桑顿·伯吉斯著；（美）哈里森·卡迪绘

译　　者	沐 雨	
出 品 人	陈 琦	
选题策划	王春霞	
责任编辑	刘兰兰　曾亭元	
装帧设计	翊 彤	
出版发行	现代教育出版社	
地　　址	北京市朝阳区安华里 504 号 E 座	
邮　　编	100011	
电　　话	(010) 64251036（编辑部）	
	(010) 64256130（发行部）	
经　　销	全国新华书店	
印　　刷	北京飞达印刷有限责任公司	
开　　本	880mm×1230mm　1/32	
印　　张	5.25	
字　　数	150 千字	
版　　次	2019 年 1 月第 1 版	
印　　次	2019 年 1 月第 1 次印刷	
书　　号	ISBN 978-7-5106-6672-8	
定　　价	29.80 元	

前　言

　　伯吉斯是美国著名的儿童文学作家，自然主义者，自然资源保护论者，他创作了大批童话作品，被称为"睡前故事大叔"。在欧美地区，伯吉斯的动物文学作品广受儿童欢迎，诺贝尔经济学奖获得者乔治·阿克洛夫、"迪士尼世界"的创始人沃尔特·迪士尼、"斯凯瑞金色童书"的作者理查德·斯凯瑞等名人、作家从小就是这些作品的忠实读者。

伯吉斯不仅一生笔耕不辍，更是积极致力于大自然保护事业。他成立"芳草地俱乐部"，呼吁人们保护草地；积极促成迁徙类野生动物相关保护法案的通过；成立"户外俱乐部"，并组织征文活动，帮助孩子们认知、爱护鸟类，呼吁孩子们做"我们本地鸟类的好朋友"；成立"睡前故事俱乐部"，呼吁听众"仁慈地对待大自然的孩子们，保护它们，让它们远离天敌的伤害"。

人类自灵长类动物进化而来，我们往往不知不觉地把心灵状态加诸动物身上。动物题材小说的意义在于我们从动物身上看到了自己，或者看到自己的另一面，这一面可能埋藏于我们的内心深处，也可能是生活中本就存在而我们并不自知的一种状态。因此，加在动物身上的人类情感，相当大一部分是我们自己意识的投射。动物与人、人与自然，三者和谐相处，共同融合成美丽温馨的画卷。对于儿童来说，充分享有让自己的想象停留在童年梦幻波长上，是快乐成长的特权。

一套优秀的童书要带给孩子阅读的快乐，心灵的愉悦，回忆的温暖，知识的增长，智慧的启迪，使他们产生对人生的种种向往。对于这样的目标，动物小说有着天然的优势，伯吉斯的这套书就很好地实践了上述的宗旨。打开这套书，轻快地读一读，开心地笑一笑，孩子们会发现书中有狡猾机警的狐狸、勇敢聪明的兔子、贪玩调皮的土拨鼠，这些主人公性格各不相同，遭遇的经历也大相径庭，每个故事里有历险奇遇，有曲折情节，有感动，有眼泪，有欢声笑语，有愉快歌声，主人公最后都凭借自己的努力和他人的帮助实现了自己的心愿。优美的文字、流畅的表达、引人入胜的情节为这套书插上了梦想的翅膀，孩子们读完书后会长长出一口气，仿佛自己也经历了一场冒险似的，仿佛自己也化身为可爱、聪明、有智慧的小动物一般，心中无限欢喜，又觉得意犹未尽。书中的主人公也有着各种缺点和不足，这并不能妨碍他们去追求欢乐和笑声，通过追寻生活的美好，从而找到生活的意义。孩子们的世界简单而快乐，需要的正是这种潜移默化的教育方式，需要的正是春风化雨般的文字温暖，生搬硬

套、粗暴灌输、千篇一律，只会适得其反。

"黄梅时节家家雨，青草池塘处处蛙。"保护环境就是保护我们自己，人与自然和谐共生的理念要从娃娃开始培育。伯吉斯动物系列小说整体贯穿着这样一个思路："关心、爱护野生动物，保护大自然。"通过这套书，小朋友们会懂得，尊重生命，不论中外老幼；绿水青山，理应全人类共享。

现代教育出版社编辑部

2018年10月

孟加拉印象[1]（代序）

[印度]　　拉宾德拉纳特·泰戈尔

帕提萨　1894 年 3 月 22 日

　　我坐在舱口前，遥望着河面。这个时候，我突然看见一只长得很丑的水禽拼命朝对岸游去。与此同时，它的身后响起了不绝于耳的叫骂声和喊打声。我擦亮眼睛一看，原来那是一只母鸡。在即将

　　1　本文译自《拉宾德拉纳特·泰戈尔爵士书信集》，为节选。
　　——清石译

被宰杀之际，它幸运地从船上的厨房里逃了出来，而后跳进水中，拼命向对岸游去。可是，就在它即将爬上河岸的当儿，它再次落入那些心狠手辣的追捕者的魔掌之中。我们的厨师拎着它，得意扬扬地回到了船上。我告诉那位厨师，今天晚上我不想吃肉了。

我的确应该认真考虑考虑戒荤的事儿了。我们坦然地大块吃肉，不曾感到丝毫的不安。我们之所以这样，根本原因在于我们从来都没有去细想我们的所作所为是多么的残忍、多么的不仁。世界上有很多种人为的罪恶，民族习惯、风俗、传统和社会法则不同，对这些罪恶的认识也会不同。但是，残酷和这些罪恶截然不同，它是一种原始的罪恶；狡辩和托词都不能改变它的性质。我们要是没有变得麻木不仁，那该有多好！这样，对于那些对残忍行为发出的抗议，我们就不再会充耳不闻；可是，我们却聚在一起，有说有笑，好不快活，一边做着残忍不仁的事儿，一边还感到心安理得——实际上，谁要是不随大溜儿，他就会被其他人扣上一顶"怪人"的帽子。

由此可见，我们对罪恶的理解是多么的肤浅！在我看来，世上有一条至高戒律，需要每个人谨守：对一切生灵心怀怜悯。博爱是一切宗教的基石。前几天，我在一份报纸上看到一篇报道：一批价值五万英镑的肉，从英国本土运到非洲的一个军事基地时被发现已经变质，于是人们将这批肉退回。最后，它们在英国朴次茅斯港仅以数英镑的价钱被贱卖了事。这种浪费生命的行为是多么的骇人听闻！人们怎么可以这样视"珍宝"如敝屣！仔细想想吧，有多少无辜的生灵仅仅是为了点缀某次宴会上的碗盘而惨遭杀戮！更可怕的是，大多数生灵的肉竟然会被原封不动地撤下席去！

我们若是对自己的残暴行为浑然不知的话，我们倒可以请求原谅。但是，如果我们明明已经良心发现，可还是昧着良心，和别人同流合污，一起去残杀生灵的话，那我们就是在凌辱自己的良知。鉴于以上种种，我决定开始做一个素食主义者。

···········

施里塔　1894年8月9日

　　今天我看到一只小鸟的尸体浮在水面上顺流而下。它死亡的经过并不难推演：它在村边的某棵杧果树上有个巢。它晚上回到暖融融的小巢里，想美美地睡上一觉，让它那小小的身躯里的疲惫得以释放。谁知博多河突然狂性大作，把杧果树树根上的泥土冲得一干二净。这个可怜的小家伙不但失去了小巢，也永远不会再醒来。

　　大自然无坚不摧，在它的面前，我自己和其他生物的区别根本就微乎其微。在这里的城市里，人类总是处于主宰地位。他们只关心自己，却对其他生物的苦乐无视到近乎残忍的地步。

　　在欧洲，同样地，人类也处于主宰地位。因此，动物在他们的眼里，仅仅是动物而已。不过，在印度人看来，人托生为动物，动物托生为人，灵魂轮回的想法一点都不稀奇。因为，我们的经文不会把人们对众生的怜悯视作矫揉造作的情感而加以禁止。

我来到乡村，和大自然亲密接触。这个时候，我性格中印度人的成分便占据了主导，哪怕面对的只是一只小鸟松软的胸腹中跃动着的那股生之喜悦，我也不可能无动于衷，漠然置之。

献　给

生活在芳草地和绿森林一带的那些

可爱的动物朋友

希望这套小册子可以

让我们大家携起手来

共同去保护那些纯真而又

时常面临来自人类威胁的动物朋友

目 录

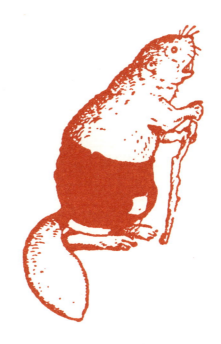

麝鼠杰里差点儿吓丢了魂儿

　　农夫布朗的儿子到底有多可怕？他布下的夹子到底有多厉害？麝鼠妈妈已经全都告诉了麝鼠杰里，可他却想不起来了。麝鼠杰里坐在大石头的边缘上，一边努力回想，一边踢着脚跟。说得准确点，当时杰里心不在焉，半句话也没有听到心里去。当时他在想着其他事呢。还有就是，他觉得麝鼠妈妈整天为了一些芝麻绿豆大的小事儿啰里啰唆，烦得很。

　　"哼！"杰里一边说，一边豪气万丈地挺起胸脯，"我想我完全可以照顾好自己的，根本用不着事事都得老妈亲自出马啦！农夫布朗的儿子要是沿着微笑池塘布下夹子，那将会怎么样呢？哼，我敢保证他肯定骗不过他杰里叔叔的。他根本就没有他自己想象中的那么聪明。只要我想戏弄他，随时都可以做得到。"杰里咯咯地笑了起来。他曾经让农夫布朗的儿子误以为自己钓到了一条大鲑鱼，一想到这个，他依然感到非常陶醉。

　　杰里缓缓地滑进微笑池塘里，朝自己最喜欢待的那根圆木游去。彼得兔把头伸到微笑池塘的岸边。

"你好，杰里。"他大叫道，"昨天晚上，我看见农夫布朗的儿子来过这里，绕着微笑池塘布下了很多夹子。你最好小心点！"

"别捣乱，彼得兔。我可以照顾好自己的，不用你操这份闲心。"杰里没好气地回答说。

彼得兔扮了个鬼脸，然后朝那片鲜嫩可口的三叶草草地跑去。他刚跑远，水貂比利和浣熊鲍比就从欢笑小溪那里一起来到了微笑池塘。他们看上去非常焦虑。看见麝鼠杰里以后，他们急忙向他招手，让他过来。麝鼠杰里过来以后，他们开口说话了，

主题依然是农夫布朗的儿子和他布下的那些夹子。

"你还是小心为妙，杰里。"水貂比利警告杰里说。水貂比利是一个见多识广的人。

"哦，我想我可以照顾好自己的。"杰里轻描淡

写地说，随即翻身朝自己最喜欢待的那根圆木游去。你知道他一边游，一边是怎么想的吗？他想知道夹子到底是什么样子的。尽管一直以来他都是一个吹牛大王，但是他还真没有见过多少世面。就在他即将游到那根圆木跟前的时候，他突然闻到了一股清香。他停下来，用鼻子使劲嗅了嗅。上帝啊，真好

闻哪！香味好像是从那根圆木发出的。杰里加快了游泳的速度。

不一会儿，他就从水里爬出来，爬到了那根圆木上。杰里使劲擦亮眼睛，唯恐自己看到的是幻景。他的跟前竟然放着一片片诱人的胡萝卜片。

再也没有什么东西能比胡萝卜更能勾起麝鼠杰里肚子里的馋虫了。他根本就没有去想它们是怎么来的，便捡起离自己最近的一片胡萝卜，吃进了肚子；然后他又捡起另一片胡萝卜，吃了起来。他高

兴极了，边吃边跳起了滑稽的舞蹈。最后，他跳到筋疲力尽的时候，便坐下来想喘口气。啪！好像有什么东西咬住了他的尾巴！麝鼠杰里又惊又怕，大声尖叫起来。"哎哟，疼死我啦！"他拼命地挣扎，扭动着身子，可是他的尾巴被咬得紧紧的，根本就转不了身，自然就看不见那个东西是什么。他拼命地往前挣，感觉自己的尾巴都快挣掉了似的。可是，那个东西依然紧紧地咬着他的尾巴。杰里继续往前挣。最后，那个东西终于被挣脱了。杰里来不及收住劲儿，一头栽进了水里。

杰里狼狈不堪地回到家里，麝鼠妈妈费了好大劲儿才把他那个受伤的尾巴包扎好。"我不是告诉你要注意那些夹子吗？"她面色凝重地问。

杰里停止了哭泣。"那就是夹子？"他问。这时，他才想起来当时自己的魂儿都给吓丢了，没敢回头看。"哦，上帝啊！"他呻吟道，"今天咬住我的尾巴的那个东西原来就是夹子啊。"

大石头集会

　　整天乐呵呵的红圆脸太阳公公往微笑池塘看了一眼。那里正在发生的事儿实在是太有意思了，他竟然差点儿忘记要继续在碧蓝碧蓝的天空中爬。你知道这到底是怎么回事儿吗？很多小动物正聚在大石头上开会呢。这是他见过的最古怪的集会。你爷爷也许会把这种集会称为暴徒大会。也许他说得没错，不过，那种大会持续的时间要更长。它叫什么

都行。麝鼠妈妈呢，愿意把它叫作集会。她既然这么叫它，这两者之间的区别，她肯定知道。

不用说，麝鼠杰里也在那里，他的叔伯、婶娘、堂兄、堂弟们也全都在那里。水貂比利和他所有的亲朋好友也在，甚至连眼花耳背、牙齿脱落的水貂爷爷也来了。

水獭小乔也在那里，他的爸爸妈妈以及他的所有亲朋好友也在，甚至连他的远房表亲也来了。浣熊鲍比也来了；以前有很多浣熊在微笑池塘或者欢笑小溪钓鱼的时候和鲍比成了好朋友，他们这个时候也都来了。每个人的脸色看上去都非常非常阴沉。

等所有人全都到齐以后，麝鼠妈妈爬到大石头上，然后把麝鼠杰里叫到身边。所有人都可以看得见他们。接下来，她开始发表演讲。"生活在微笑池塘和欢笑小溪一带的朋友们！"麝鼠妈妈说道，"我把大家伙儿召集到这里，是想告诉大家我儿子杰里的遭遇，是想让你们给出出主意。"她停了下来，指了指杰里的那条已经发炎化脓的尾巴。"你们猜，这是谁干的？"她问道。

"可能是杰里被别人揍了一顿吧。"浣熊鲍比跟自己的邻居说。浣熊鲍比是个没教养的小坏蛋，从来都不怎么尊重自己的那些邻居。

麝鼠妈妈听见了鲍比的话，狠狠地剜了他一眼。而后她举起一只手，示意大家保持安静。"先生！是一个夹子把杰里害成这个样子的——农夫布朗的儿子布下的一个夹子！他之所以布下这些夹子，是想捉住你、我以及我们的孩子！"她一本正经地说，"微笑池塘或者欢笑小溪一带已经不安全了，我们的孩子再也不能到那里玩耍了。我们该怎么办啊？"

　　大家伙儿全都不知所措地互相看着，然后叽叽喳喳地议论起来。要是农夫布朗的儿子听见他们所说的这些话，他的脸颊肯定会火烧火燎般的疼。我相信，他脸上肯定会起燎泡的。这里简直吵死了！每个人都提出自己的主意，每个人都不同意别人的主意。水貂老先生火了，气得大骂水獭爷爷是个爱管闲事的傻瓜。这次集会很有可能会让大家不欢而散。这时候，浣熊先生爬到大石头上，使劲敲了一下木棍，让大家安静。

　　"我提议，"他说，"我们一起去找青蛙爷爷弗洛格，把我们面临的险境告诉他，看看他能有什么对策，怎么样？他老人家是一个见多识广的前辈，很久很久以前的事儿他都知道。谁要是同意我的建议，就请举手。"

　　顿时掌声雷动。大家伙儿心里的烦躁也烟消云散，于是当即决定派人去请青蛙爷爷弗洛格。

微笑池塘一带的圣人

　　青蛙爷爷弗洛格眯缝着眼，坐在那张绿油油的大睡莲叶子上。乍看上去，在大石头那里召开的集会他一无所知，可实际上他什么都知道。微笑池塘一带的事情，他几乎全都知道，至少他会听说那么一星半点儿。微风梅里众兄弟整天跑到东，跑到西，就没有他们不踏足的地方，所有的事情他们都会说给青蛙爷爷听的。所以呢，看见麝鼠杰里和水獭小

乔朝自己游过来的时候，他早就知道他们来这里的目的了。

麝鼠杰里彬彬有礼地说："早上好，青蛙爷爷弗洛格。"可是，青蛙爷爷却故意装出一副非常吃惊的样子。

"早上好，麝鼠杰里。今儿你这么早就出门啊。"青蛙爷爷弗洛格回应说。

"劳您大驾，大家伙儿都在大石头那里等着您呢。"杰里说。

青蛙爷爷弗洛格狡黠地眨了眨眼睛。然后，他故意用粗哑低沉的语气说："哼！麝鼠杰里，你这个小混蛋。水獭小乔，你也好不到哪里去。这次你们打算怎么耍我呀？"

麝鼠杰里和水獭小乔看起来就跟两头温顺的小绵羊似的。青蛙爷爷弗洛格说得没错，他们俩整天挖空心思想要捉弄青蛙爷爷。"我们这次是诚心诚意地来邀请您的，青蛙爷爷弗洛格，我们这次不会耍您的。"杰里说，"我们大家伙儿聚在大石头上，打算想出个法子，让农夫布朗的儿子不再在微笑池塘

杰里背着他，向大石头奔去。

和欢笑小溪一带布设夹子。大家伙儿都想听听您的建议。因为大家伙儿都觉得您是一位见多识广的长者。请您和我们一起去吧。"

青蛙爷爷弗洛格抻了抻自己的那件黄白相间的马甲，假装认真想起对策来。杰里和小乔在一旁不耐烦地等着他的回复。最后，他终于开口说话了。

"你们说得没错，我的确非常老了，麝鼠杰里。你们也知道，这里离大石头有一段非常远的距离。"

"您趴到我的背上，我把您背到那里去。"杰里真诚地说。

"我担心会掉下来。"青蛙爷爷弗洛格回答说。

"不会的，不会的。我们试试看就知道了。"杰里乞求道。青蛙爷爷弗洛格趴到麝鼠杰里的背上。

杰里背着他，向大石头奔去。

　　看见他们三个人的身影以后，水貂家族、水獭家族、浣熊家族和麝鼠家族的人全都大声欢呼了起来。大家伙儿常常尊称青蛙爷爷弗洛格为"微笑池塘一带的圣人"。我们知道，某个人要是被称为圣人的话，那就说明他见多识广。

　　浣熊鲍比把青蛙爷爷弗洛格扶到大石头上。青蛙爷爷弗洛格坐安稳以后，麝鼠妈妈告诉他，农夫布朗的儿子布下了很多夹子；麝鼠妈妈还告诉他，杰里的尾巴曾经被其中一个夹子夹住。最后，她告

诉青蛙爷爷弗洛格，她知道他是一个足智多谋的长者，请求他给出个主意。

麝鼠太太说到这里，青蛙爷爷弗洛格开始鼓气。最后，他的那件黄白相间的马甲看起来都快被撑破了。他静静地坐了一会儿，眼睛一眨不眨地盯着整天乐呵呵的红圆脸太阳公公。最后，他用低沉的声音开口说话了。

"明天早上太阳升起来以后，我会告诉你们怎么做。"他说。之后，他再也没有多吐一个字。

青蛙爷爷弗洛格出了个主意

　　在西风老妈和微风梅里众兄弟走下紫山丘，整天乐呵呵的红圆脸太阳公公脱下睡衣往碧蓝碧蓝的天空中爬的时候，青蛙爷爷弗洛格爬到微笑池塘里的大石头上。早虽然是早了点儿，生活在欢笑小溪和微笑池塘一带的小动物们却早已经到了。浣熊鲍比找到了农夫布朗的儿子布下的两个夹子，水貂比利差一点儿踩到另一个夹子上。大家伙儿变得人心

惶惶，但是，同时又都束手无策。他们全都心急如焚地等着青蛙爷爷弗洛格给出点子。前面我们已经说过，大家都认定他是一个非常非常有智慧的人。

青蛙爷爷弗洛格清了清嗓子。"哎，哎！"他说，"你们必须把农夫布朗的儿子布下的那些夹子全都找出来。"

"我们怎么找呀？"浣熊鲍比问。

"发挥你们的所能喽。"青蛙爷爷弗洛格不屑地说。

浣熊鲍比满脸羞愧地躲到浣熊妈妈的身后。

"浣熊家族和水貂家族的人沿着欢笑小溪找，麝鼠家族和水獭家族的人沿着微笑池塘搜索。你们要充分利用你们的视觉和嗅觉。要是碰到你们从没见过的好闻的东西，那你们就要加倍小心！水貂比利，你个头儿小，身手敏捷，眼睛尖，你就坐在大石头上，农夫布朗的儿子一现身，你就马上提高警惕。然后你藏到灯芯草草丛里，偷偷地看他的动静，不要让他发觉。他在微笑池塘和欢笑小溪一带走到哪里，你就跟踪到哪里。只要不被他发觉，他布下的那些夹子全都会被你看在眼里。

"每找到一个夹子，你们就往夹子里面丢一个小木棍儿或者一个小石块儿。这样，夹子上的弹簧就会弹开，它们就再也不能伤害你们了。接下来，你们挖一些坑，把那些夹子埋掉。不过，千万要记住，在弹簧没有弹开之前，千万不要贪嘴去吃夹子旁边的诱饵。要不然的话，你们十有八九会被夹住的。等那些弹簧弹开以后，你们不就可以把那些好吃的

东西全都拿到大石头这里，举办一次丰盛的聚餐了吗？"

"好哇，青蛙爷爷弗洛格！马上开始行动！"水獭小乔欢呼道，然后一头扎进微笑池塘里。

大家伙儿一致同意水獭小乔的看法。他们马上开始按计划去全面搜寻农夫布朗的儿子布下的那些夹子。麝鼠家族和水獭家族的人开始在微笑池塘沿岸搜索，浣熊家族和水貂家族的人——水貂比利除外——开始沿着欢笑小溪从下游往上游搜索。比利爬到大石头上，开始放风。青蛙爷爷弗洛格缓缓地游到他那张又大又绿的睡莲叶子上，等着那些没头没脑的飞虫飞到他的面前，让他饱餐一顿。

热火朝天的一天

　　每个人都干劲儿十足。没错！住在微笑池塘和欢笑小溪一带的小动物们全都兴奋异常。乌龟斯伯蒂从来都不慌不忙，大家伙儿全都笑话他迟钝，这会儿他竟然也一反常态，爬到一根圆木上，好奇地伸着脖子，瞧着动静。青蛙爷爷弗洛格呢，他一个人静静地坐在那片睡莲叶子上，耐心地等着愚蠢的飞虫自己送上门来做他的早点。只有他看上去对周

围的一切反常现象一无所知。实际上，他和其他人一样，心里激动得怦怦乱跳。他的年纪已经非常大了，又是个公认的圣人，要是让别人看出他心里也不平静的话，那还了得。

这里到底发生了什么事？呃，那些住在微笑池塘和欢笑小溪一带、时常在这一带玩闹的水貂、浣熊、水獭和麝鼠们正在搜寻农夫布朗的儿子布下的那些夹子。没错！他们果真正按照青蛙爷爷弗洛格的建议，在搜寻着农夫布朗的儿子布下的那些夹子。

麝鼠杰里和水獭小乔结伴寻找。

他们朝欢笑小溪汇入微笑池塘的那个地方慢慢游去。游着游着，杰里突然停了下来，皱了皱他那有趣的小鼻子。噗，噗，噗，麝鼠杰里使劲地嗅着。一股凉意沿着他的后脊梁骨从上到下流动，最后，它流到了杰里的尾巴尖儿上。

　　"什么东西？"水獭小乔问。

　　"是人类留下的气味。"杰里小声地说。

　　水獭小乔又嗅了一阵儿。"哈哈，我闻到了鱼香！"他一边大叫，一边两眼放光。然后他朝传来鱼香的方向游去。小乔游得比杰里快。不一会儿，他兴奋地大叫了起来。

　　"喂，杰里！不知是谁把一条鱼落到岸上了。哈哈，可以解解馋虫啦！"

　　杰里急忙加快速度。他吓得眼睛都快蹦出来了。因为他离那条鱼越近，人类留下的气味就变得越浓烈。"不要碰它，"他上气不接下气地说，"不要碰它，水獭小乔！"

　　小乔哈哈地大笑起来。"怎么了，杰里？你是怕在你游过来之前，我把这条鱼独吞了不成？"他一

边说，一边伸手去捡那条鱼。

"住手！"杰里大声尖叫道。就在水獭小乔即将碰到那条鱼的时候，杰里推了小乔一下。

啪！两个邪恶的铁爪子合到了一起，夹住了水獭小乔一个脚指甲。幸亏杰里刚才推了小乔一把，不然的话，他的整只脚都会被夹住的。

"哎哟！哎哟！哎哟！"水獭小乔痛得哇哇大叫。

"青蛙爷爷弗洛格跟我们说过，看到从来没有见

过的好吃东西时，我们千万要当心。我想，他的话，
接下来你肯定会牢记在心的。"杰里一边说，一边帮
小乔摆脱那个铁夹子。小乔的那个脚指甲还是被夹
掉了，他的脚伤得不轻。他们把那个夹子埋到地里，
继续寻找下一个夹子。

　　在微笑池塘和欢笑小溪沿岸，杰里、小乔、鲍
比和比利的堂兄堂弟、叔伯、婶娘和朋友们也跟杰
里、小乔、鲍比他们一样，忙得不亦乐乎。不时会
有某个人像水獭小乔那样九死一生。与此同时，农

夫布朗的儿子待在自家的农舍里，做着白日梦呢——他布下的那些夹子肯定可以捉住很多野生动物，他可以用他们的皮做好多好多东西呢！

农夫布朗的儿子困惑得直挠头

农夫布朗的儿子一边走在芳草地上，一边打着欢快的口哨。微风梅里众兄弟看见他以后，急忙跑到微笑池塘，把他到来的事告诉了水貂比利。农夫布朗的儿子是来查看他的那些夹子的。他信心满满，觉得自己肯定可以看见水貂比利、水獭小乔、麝鼠杰里或者浣熊鲍比中的一个。

水貂比利正站在大石头的最高处。他看见微风

梅里众兄弟正急匆匆地从芳草地那边往这里跑，他还看见他们的后面紧跟着农夫布朗的儿子。水貂比利一个猛子扎进了微笑池塘里。接着，他游到麝鼠杰里的家里，给杰里通风报信。然后，他们一起找到水獭小乔。这三个穿着棕色外套的家伙藏进灯芯草草丛里，一起监视着农夫布朗的儿子的动静。

农夫布朗的儿子首先来到麝鼠杰里最爱待的那根圆木上。他小心翼翼地朝岸边瞅了瞅。夹子不见

了！

"咦！"农夫布朗的儿子大声叫道。他突然发现夹子上的那条链子被扯到了那根圆木的下面。他兴奋地叫了起来，抓起它，开始往外拽。他敢肯定麝鼠杰里被链子拴住，然后挣扎着躲到圆木下面去了。但是，他把夹子拽出来以后，却发现什么也没有。两个铁爪子之间有很多毛和一小片皮肤。那是麝鼠杰里挣脱夹子的时候留下的。

农夫布朗的儿子大失所望。"嗯，没关系，明天我肯定可以捉住他的。"他自言自语道。然后他继续查看下一个夹子。他找到链子，往外拽的时候，他竟然兴奋得浑身发抖。夹子很难往外拽。他使劲地拽呀拽，最后，砰的一下，夹子被他从泥土里拽了出来，上面沾满泥土。夹子里夹着水獭小乔的一个脚指甲。农夫布朗的儿子于是小心翼翼地把那个夹子再次布下。水獭小乔、水貂比利和麝鼠杰里正躲在他身旁的灯芯草草丛里一边监视着他的动静，一边嘿嘿地窃笑呢。他要是回头朝那片灯芯草草丛里瞧瞧的话，不会再那么肯定自己下次可以捉到水獭

小乔了。

　　农夫布朗的儿子绕着微笑池塘转了一圈，然后又上上下下把欢笑小溪找了一遍，发现自己布下的夹子都已经弹开并被埋到泥土里了。他再也没有心情打口哨了，他那张长满雀斑的脸上写满了疑惑。到底是怎么一回事儿？难道有人发现了这些夹子，故意让它们弹开，来戏弄他吗？这件事越想就越觉得疑惑。我们知道，昨天那些水貂、水獭、浣熊和麝鼠们忙活了一整天，把这些夹子破坏掉了。不过，这些事农夫布朗的儿子是不可能知道的。

青蛙爷爷弗洛格正坐在那片又大又绿的睡莲叶子上，轻轻地抚弄着自己那件黄白相间的马甲。农夫布朗的儿子沿着芳草地往回走的时候，青蛙爷爷弗洛格冲着整天乐呵呵的红圆脸太阳公公眨巴了一下眼睛。

"嘿嘿！"青蛙爷爷弗洛格一边笑，一边伸出长舌头，捉住了一只昏头晕脑的绿头苍蝇，"你即使再布下新的夹子，结果也只能是枉费心机！"

青蛙爷爷弗洛格把水貂比利叫到身旁，让他去告诉生活在微笑池塘和欢笑小溪一带的小动物们农夫布朗的儿子又布下了很多夹子，他们得赶紧和昨天一样，把这些夹子全都破坏掉。

那些夹子都布在哪里，他们一清二楚，这次他们干起活来容易得多了。一整天，他们不断地往那些夹子里丢木棍儿和石子，让它们全都弹起来。然后他们把农夫布朗的儿子放在那些夹子周围的诱饵全都收集起来，打算举办一次大聚餐。

麝鼠杰里发现了异样

　　美丽的春天给芳草地和绿森林一带带来欢乐的福音，同时也把欢乐散播到微笑池塘一带。整个漫长的冬季青蛙爷爷弗洛格都一直躺在泥土里面的小窝里。这个时节，他醒了过来，胃口变得大极了，有那么一会儿，他满脑子里装的都是如何填饱肚子。麝鼠杰里觉得手脚直痒痒，沿着欢笑小溪上下来回跑，每到一处，他都会探头探脑，想瞅瞅那些新鲜的事物。水獭小乔觉得生活中充满了欢乐。冬天已经过去了，白眉歌鸫雷德温夫妇已经从南方回来了，他们又回到了灯芯草草丛中。每个人都很高兴，高兴极了。

一个春光明媚的早上，麝鼠杰里坐在微笑池塘中央的大石头上，心想大家伙儿可真是兴奋；看到

水獭小乔正在水里嬉闹着，他不禁开怀大笑。杰里敏锐的双眼突然看到了一个异样的东西。他不禁皱起眉头，仔细地瞧对岸。最后，他招呼水獭小乔过来。

"喂，小乔！过来！"杰里大叫道。

"什么事？"小乔问，然后一头扎进水中。

"我的眼睛好像出了点毛病，我想让你帮我看

"喂,小乔!过来!"杰里大叫道。

看。"杰里回答说。

水獭小乔停了下来,抬起头,盯着麝鼠杰里看。"它们没有什么异样啊。"他一边说,一边继续往前游,爬上了大石头。

"它们当然没有什么异样。"杰里回答说,"我想让你帮我证实一下我有没有看错。朝那边的岸边看。"

水獭小乔朝岸边望去。他眯缝起眼,狠劲地瞅啊瞅,可一点儿异样也没有,那里看起来和往常一模一样。于是他告诉麝鼠杰里自己什么也没有瞅见。

"那肯定是因为我看花了眼。"杰里叹道,"肯定是因为我看花了眼。可是,今天的水位好像没有昨天的那么高。"

水獭小乔又仔细地瞧了瞧,他突然目瞪口呆。"你说得没错,麝鼠杰里!"他大叫道,"你的眼睛没有毛病。水位的确非常低,比干旱的三伏天时的还要低呢。这是怎么一回事儿呀?"

"我不知道。"麝鼠杰里说,"真是奇怪!真是太奇怪了!我们一起去问青蛙爷爷弗洛格吧。我们知道他是一位见多识广的长者,也许他知道这是怎么一回事儿。"

　　扑通！扑通！麝鼠杰里和水獭小乔跃进微笑池塘里，争先恐后地去做第一个游到青蛙爷爷弗洛格那里的人。睡莲叶子还是太小，坐在上面不是很舒服，于是青蛙爷爷弗洛格暂时坐在微笑池塘岸边的灯芯草草丛里。

　　"你好，青蛙爷爷弗洛格，微笑池塘这是怎么了？"他们把头伸出水面，一边喘气，一边大声问。

　　"哼！微笑池塘没啥毛病呀。它可是世界上最好的地方。"青蛙爷爷弗洛格没好气地说。

　　"可是，我们发现了一些反常的现象。"麝鼠杰里不甘心地说，然后他把自己的发现告诉了青蛙爷爷弗洛格。

　　"我不信。"青蛙爷爷弗洛格说，"春天里发生这样的事情，我还是头一次听说。"

青蛙爷爷弗洛格盯着自己的脚趾

青蛙爷爷弗洛格正坐在微笑池塘岸边的灯芯草草丛里。在他头顶的上方，白眉歌鸫雷德温先生正欢快地唱着歌儿，就像新春的欢乐让他内心满溢幸福似的。

啦啦啦，看看我！
且仔细地看看我！

我的欢乐正在满溢！

一整天我欢天喜地，

我的歌儿传千里。

　　不用说，白眉歌鸫雷德温先生的心情欢快不已。
他为什么这么快乐呢？因为美丽的春天已经来了，
一年之计在于春。此时此刻，每个人的心中都洋溢
着幸福。青蛙爷爷弗洛格倾听着，不停地点头。"哈
哈！我的心情也非常快乐。"青蛙爷爷弗洛格自言自
语地说。不过，他嘴上虽这么说，那双圆鼓鼓的眼

睛里却分明流露出一丝忧虑，那丝忧虑又溜到嘴角处。这时，那丝忧虑又变成了微微的笑意。接下来，笑意越来越微小，越来越微小，最后，便消失得无影无踪。是的！他脸上的笑意完全消失了。他的心中不再有欢悦，青蛙爷爷弗洛格，正如你看到的那样忧心忡忡。

原来，麝鼠杰里和水獭小乔的话始终让他放心不下——他们说，微笑池塘一带有些异常。他不相信他们的话，一个字也不愿意相信。至少可以这么说，他不想让自己相信他们的话是真的。他们说微笑池塘里的水正变得越来越少。这种情况也只有在干旱的三伏天才会出现。青蛙爷爷弗洛格的年纪已经非常大了，见识过很多很多事情，春天里发生这种事情，他还是头一次碰到。所以，他根本不愿意相信会发生这种事。可是——可是，只要这里有任何风吹草动，青蛙爷爷弗洛格就会浑身不舒服。哈！他突然想明白了！不久前，池水还能没到他的腰呢，可现在，却只能没到他的脚踝处。而他好像一直都没有挪窝呀！

　　"很显然，我想得太出神了，连自己挪了窝都不知道。"青蛙爷爷弗洛格自我宽慰道。可是，他脸上的忧虑却没有丝毫的缓解。我们知道，这一切虽然全是事实，但他打心眼儿里还是不愿意相信。

　　"嗯，我知道我该怎么做啦！我要盯着我的脚趾看！"青蛙爷爷弗洛格说。

　　青蛙爷爷弗洛格于是蹚进池水里，走到池水没到脚踝处，他才停下来；然后他坐下来，开始盯着自己的脚趾看。这个时候，白眉歌鸫雷德温先生恰好往下面看，看见了青蛙爷爷弗洛格。他看见青蛙爷爷弗洛格正傻呆呆地盯着自己的脚趾。白眉歌鸫雷德温先生不禁止住歌声，问道："您在干什么呀，

青蛙爷爷弗洛格？”

“观察我的脚趾。”青蛙爷爷弗洛格没好气地说。

“观察你的脚趾？哈哈哈！观察你的脚趾！真是让人笑掉大牙，是不是？难道你怕它们跑掉不成，青蛙爷爷弗洛格？”白眉歌鸫雷德温先生大叫道。

青蛙爷爷弗洛格没有搭理他，依然呆呆地看着自己的脚趾。白眉歌鸫雷德温先生自知无趣，便飞走了，他告诉其他人青蛙爷爷弗洛格突然变得痴呆起来，正在傻傻地看着自己的脚趾呢。春光分外明媚。不一会儿，青蛙爷爷弗洛格圆鼓鼓的眼睛又开始闪耀光芒。之后，他的头开始点起来，接下来——呃，接下来，青蛙爷爷弗洛格呼呼大睡了起来。

不知什么时候，青蛙爷爷弗洛格突然惊醒。他低下头，看了看自己的脚趾。它们已经不在水中！没错，水面离它们已经非常远。

“啊！微笑池塘出问题啦！”青蛙爷爷弗洛格一边说，一边一个猛子扎进池水里，向大石头游去。

欢笑小溪停止了欢笑

肯定有什么不对。第二天早上，青蛙爷爷弗洛格起床以后，便对此深信不疑。一开始，他有点儿摸不着头脑。他把头伸出水面，一边使劲地眨巴着那双圆鼓鼓的大眼睛，一边想弄明白到底是哪里不对劲。突然，青蛙爷爷弗洛格觉得这里静得出奇。这种寂静他从来没有经历过。他突然想起了什么，可他怎么也说不上来。肯定不是因为白眉歌鸫雷德温先生停止了歌唱。白眉歌鸫雷德温先生不唱歌的时候，情形完全和现在不一样。这是因为——

青蛙爷爷弗洛格突然大吃一惊，然后急忙跳到岸上。"呃！肯定是欢笑小溪出了问题！欢笑小溪停止了欢笑！"青蛙爷爷弗洛格大叫道。

这种事情真的会发生吗？除了霜冻杰克·弗罗斯特能用坚冰封住欢笑小溪的嘴巴之外，谁还有这个能耐让它失去笑容呢？呃，在春天、夏天和秋天里，欢笑小溪总是笑哈哈的，它笑得那么开心，那么愉悦。青蛙爷爷弗洛格是一个见多识广的老者，从他记事时起，也就是很久很久以前，它一直都是这么笑哈哈的呀。在春天、夏天和秋天里，微笑池塘从来就没有失去过笑容。这个时候怎么可能发生这种事儿呢！青蛙爷爷弗洛格用一只手遮住耳朵，

细心地听啊听。可是，还是一点动静也没有。

"呃！肯定是我的问题。"青蛙爷爷弗洛格说，"肯定是因为我太老了，耳朵有点儿背了的缘故。我得去问问麝鼠杰里才行。"

青蛙爷爷弗洛格于是潜入水里，向微笑池塘中央游去，麝鼠杰里的家就在那里。这时，他才明白过来麝鼠杰里和水獭小乔昨天的话果然不假——微笑池塘果然出了大问题。他停下来，向四周看了看，他那双圆鼓鼓的大眼睛看起来似乎都快要蹦出来了。

没错！青蛙爷爷弗洛格的那双圆鼓鼓的大眼睛看起来似乎都快要蹦出来了。微笑池塘里的水已经非常浅了，欢笑小溪已经笑不起来啦！

"您这是到哪里去呀，青蛙爷爷弗洛格？"他的头顶突然传来问话声。

青蛙爷爷弗洛格抬起头，望了望。站在大石头边缘上说话的人正是麝鼠杰里。大石头露出水面的部分比平时要多出一半啦。青蛙爷爷弗洛格真是见所未见。

"我——我——正要去找你呢。"青蛙爷爷弗洛格回答说。

"没有用的，"杰里回答说，"因为，我已经不住在那里啦。还有，您已经没法儿游到那里啦。"

"为什么不可以呀？"青蛙爷爷弗洛格不禁大惊失色。

"因为我的家已经不没在水里面了。它的周围已经变成陆地了。"麝鼠杰里幽幽地说。

"你说什么？"青蛙爷爷弗洛格惊叫道，他简直不敢相信自己的耳朵。

森林有童话

　　"我说的都是真的，就跟我坐在这里一样，千真万确，半点不假。"杰里难过地说。

　　"麝鼠杰里，老老实实地告诉我，欢笑小溪是不是还在欢笑？"青蛙爷爷弗洛格尖声尖气地问。

　　"不是了。"杰里说，"欢笑小溪已经不再哈哈地笑了，微笑池塘也没有微笑了。我敢断定，这个世界已经完全乱了套。"

全都乱了套

麝鼠杰里呆坐在微笑池塘里的大石头上。微笑池塘早就不再微笑了。杰里感到头都大了，于是把头埋在双手里。他使劲地想啊想，想得脑袋似乎都要炸了。可是，不管他怎么想，他还是和先前一样，一点头绪也没有。我们说过，麝鼠杰里感到自己的小世界已经乱了套。没错！杰里的世界已经乱了套！至少他是这么感觉的，纵使他想破脑袋，也没能猜

出为什么。

　　微笑池塘、欢笑小溪和芳草地是麝鼠杰里的小世界。杰里坐在大石头上，朝四周望了望，芳草地和往常一样，看起来可爱极了。芳草地一点异样也没有。可是，欢笑小溪已经停止了欢笑，微笑池塘已经不再微笑。原因显而易见，欢笑小溪和微笑池塘里的水都已经太浅了，它们已经没法泛起笑容了。

　　这可糟透了！杰里望了一眼自己曾经的家。那可是曾经让他无比自豪的呀！他把房门建在水面之

下，住在那里面，他感到非常安全。因为除了水貂比利和水獭小乔以外，其他人都不会游泳，没法儿来到他这里。但是现在，微笑池塘的水位已经下降得太厉害，杰里的家完全暴露出来了。无须多言，屋门也已经露出来了。更糟糕的是，在那棵高大的山核桃树下面有一条秘密入口，入口通往一条地下通道，那条通道直达他的家里。这条通道也只有杰里一个人知道，可现在呢，它已经暴露在所有人的视线之下了。那里也有一些好玩儿的洞穴和藏身的好去处，知道它们的只有麝鼠杰里、水貂比利和水獭小乔。这也是因为它们的入口全部都在水面之下。可现在，人人都可以看到了，因为它们也全都暴露出来了。那些曾经整天被笑容满面的池水覆盖的地方现在却只剩下一片片淤泥。到处都是淤泥，淤泥，淤泥！那些灯芯草的根须曾经全都没在水里，现在却全都裸露在淤泥中了，而那些淤泥正在慢慢地干涸。那些睡莲叶子半卷着，耷拉在睡莲梗上，叶子几乎快触到地面了。它们看起来非常的无精打采。杰里转过身，去看欢笑小溪的情况。溪水叮叮咚咚，

欢笑小溪已经变得干瘦干瘦的了，水流比一根绣花针还要细，河床里只可以看见一些零星的小水坑。有很多鲑鱼和鲦鱼挤在那些小水坑里。他们一个个犹如惊弓之鸟。欢笑小溪的所有秘密全都暴露在光天化日之下了，它的遭遇和微笑池塘一模一样。杰里知道他要是想找到水貂比利的藏身之处的话，只需沿着欢笑小溪往上走就可以轻而易举地找到。

"哦，我的上帝啊，全乱套了。"杰里悲痛地说。

"我也是这么认为的。"大石头下方还残存着一小摊水，青蛙爷爷弗洛格正藏在那里面，听到杰里的话，他抬起头来插话说。

　　"是我先发现的！"杰里大叫道，"我真想知道水位还能不能恢复。"

　　"如果不能的话，你们打算怎么应对啊？"青蛙爷爷弗洛格问。

　　"我不知道，"杰里说，"水獭小乔和水貂比利来了。我们还是先去看看他们打算搞什么鬼吧。"

五个人凑到一起

必须有所行动才行。麝鼠杰里这么说。青蛙爷爷弗洛格这么说。水貂比利这么说。水獭小乔这么说。甚至连乌龟斯伯蒂也这么说。欢笑小溪已经笑不起来了，微笑池塘也失去了昔日的笑容。我们说过，欢笑小溪和微笑池塘里由于没有足够的水，它们已经笑不起来了。大家也不敢确定它们还能不能再次露出笑容。这种情况，他们还是头一次遇到，当然不知道该怎么应对啦。不过，他们却不谋而合地认为必须采取一些行动才行。

"你觉得我们该怎么办，水貂比利？"青蛙爷爷弗洛格问。

水貂比利站在大石头上，欠了欠身子，往下瞧了瞧微笑池塘里残存的那一摊水。水里有很多条肥美的鲑鱼，他知道自己可以不费吹灰之力就能捉到他们。因为那一摊水实在太小了，他们根本无处可逃。可是，不知为什么，今儿他没兴趣捉他们。他知道，他们从欢笑小溪一路逃到微笑池塘里，现在已经犹如惊弓之鸟。他反倒有点同情起他们来。

"我觉得，我们最好搬到下游的里弗河去。我刚去过那里，知道那里一切平安无事。"水貂比利说。

"我也是这么认为的，"水獭小乔说，"里弗河是不可能干涸的。"

"你是怎么知道的？"麝鼠杰里问，"欢笑小溪和微笑池塘之前也没有干涸过呀。"

"里弗河离这里可是非常非常遥远哟。"乌龟斯伯蒂插话说。他总是驮着自己的房子，走路慢吞吞，让人看着发急。

"呃！我要是找不出原因的话，我永远都不会离开微笑池塘的。"青蛙爷爷弗洛格说，"我们都知道，事出必有因。微笑池塘现在发生这么严重的状况，绝非无缘无故，肯定是有缘由的。我们要是能够找出原因的话，也许就可以找到应对之策了。"

麝鼠杰里点了点头。"青蛙爷爷弗洛格说得对，"他说，"当然喽，肯定会有原因的。可是，我们到底怎样才能找到呀？我已经把微笑池塘找了个遍，我敢担保原因肯定不出在这里。"

青蛙爷爷弗洛格笑了。"哈哈！"他说道，"问题的起因肯定不出在微笑池塘自身。这是大家伙儿都知道的呀！"

"呃，既然您见多识广，那么就麻烦您告诉我原因出在哪里吧！"麝鼠杰里尖声尖气地说。

"肯定出在欢笑小溪的身上啦。"青蛙爷爷弗洛格回答说。

"没有的事！"水貂比利说，"我沿着欢笑小溪往下走，一直走到里弗河那里，可一点异常也没有发现呀。"

"你有没有沿着欢笑小溪往上走，一直找到它的源头呀？"青蛙爷爷弗洛格问。

"没——没有。"水貂比利回答说。

"呃，问题肯定出在欢笑小溪的源头。"青蛙爷爷弗洛格说，就像他熟知一切内情似的，"微笑池塘是由欢笑小溪的溪水汇集而成的，欢笑小溪要是一直流淌的话，微笑池塘是不会干涸的。"

"没错！我怎么没想到这个呀。"水獭小乔大叫道，"您听我说，水貂比利和我马上就到欢笑小溪的源头去，看看到底能发现什么。"

"嗯！我们一起去。"青蛙爷爷弗洛格说。

接下来，他们五个凑到一起，决定一起出发，到欢笑小溪的源头去，务必找到这一切背后的缘由。

寻找问题的根源

　　秃鹫巴扎德老先生正在碧蓝碧蓝的天空中翱翔着。这时候，他低头朝下面看了一眼，看见了一个好看的场景。没错！下面的场景好看极了。原来是生活在微笑池塘一带的五只动物正列队而行，打头的是水貂比利。由于他身材瘦小，动作敏捷，所以呢，他走得最快，后面的四个吃力地跟着他。跟在水貂比利身后的是水獭小乔，他的腿又细又短，看

起来就像无腿动物似的。紧跟在水獭小乔身后的是麝鼠杰里，他在水里游泳的速度要比在陆地上走路快得多。而跟在麝鼠杰里后面的是青蛙爷爷弗洛格，他既不走路，也不奔跑，而是用两条后腿往前跳。落在最后面的是乌龟斯伯蒂，他走路的速度非常非常迟缓。我们知道，他一直驮着房子赶路。他们五个正朝欢笑小溪的源头赶去。欢笑小溪已经变得非常非常浅，它已经笑不起来了。

秃鹫巴扎德老先生已经有好长一段时间没有来过微笑池塘了。当然喽，他没听说微笑池塘已经不

秃鹫巴扎德老先生正在碧蓝碧蓝的天空中翱翔着。

再微笑、欢笑小溪不再欢笑的事儿。他低下头，看见微笑池塘和欢笑小溪即将干涸，那些鲑鱼和鲦鱼即将没法生存的时候，他不禁大吃一惊，不停地自言自语着——

"俺的上帝！俺的上帝！"

等他看见那五个小动物列队往欢笑小溪的源头赶去的时候，他立马就猜到了——微笑池塘肯定出了问题。秃鹫巴扎德老先生于是往下俯冲，从碧蓝碧蓝的高空中往下飞，一直飞到青蛙爷爷弗洛格的上空为止。

"你们这是到哪里去呀？"秃鹫巴扎德老先生问。

"呃！去看看欢笑小溪到底出了什么问题。"青蛙爷爷弗洛格回答说。

"让俺来帮帮你们吧。"秃鹫巴扎德老先生一边说，一边再次往碧蓝碧蓝的高空中飞去。

青蛙爷爷弗洛格一直盯着他的身影，直到他变成一个小黑点儿才作罢。"我真希望自己能生出一对翅膀。"青蛙爷爷弗洛格叹道。说完，他继续朝欢笑小溪的源头赶去。

欢笑小溪穿过绿森林，然后曲曲折折地穿过芳草地，最后汇入微笑池塘之中。春光明媚，青蛙爷爷弗洛格已经累得腰酸背痛，但他一点儿都不在乎。不过，等他们抵达绿森林的时候，他觉得这里又黑又压抑。至少青蛙爷爷弗洛格是这么认为的，乌龟斯伯蒂也这么认为。我们知道，他们俩更喜欢阳光。不过，他们一心要弄明白欢笑小溪出了什么问题，所以他们并没有退缩，要是能找出原因的话，微笑池塘的问题也就迎刃而解了。

于是呢，我们看到了这一幕——水貂比利一路

欢蹦乱跳；水獭小乔一路小跑；麝鼠杰里拖着步子走，这都是因为走在陆地上，用不了多久他就吃不消了；青蛙爷爷弗洛格齐足跳跃；乌龟斯伯蒂慢吞吞地往前爬；在碧蓝碧蓝的高空中，秃鹫巴扎德老先生正在翱翔。他们都在寻找欢笑小溪和微笑池塘出问题的根源。

秃鹫巴扎德老先生发现了问题的源头

　　"等等我！"水獭小乔朝水貂比利大叫道。可是，水貂比利正忙着赶路呢，听到叫喊声，反而跑得更快了。

　　"等等我！"麝鼠杰里朝水獭小乔大叫道。可是，水獭小乔正忙着赶路呢，听到叫喊声，反而跑得更快了。

　　"等等我！"青蛙爷爷弗洛格朝麝鼠杰里大叫道。

可是，麝鼠杰里正忙着赶路呢，听到叫喊声，反而走得更快了。

"等等我！"乌龟斯伯蒂朝青蛙爷爷弗洛格大叫道。可是，青蛙爷爷弗洛格正忙着赶路呢，听到叫喊声，反而跳得更快了。

于是呢，水貂比利一溜儿小跑，水獭小乔拖着步子往前挪，麝鼠杰里行走，青蛙爷爷弗洛格一步一步往前跳，乌龟斯伯蒂慢吞吞地往前爬。他们一起往欢笑小溪的源头赶。在碧蓝碧蓝的高空中，秃

鸶巴扎德老先生正在翱翔，他也在寻找欢笑小溪和微笑池塘逐渐干涸的缘由。

我们知道，秃鹫巴扎德老先生的眼睛贼尖，从碧蓝碧蓝的半空中往下看，没有多少东西可以逃过他的眼睛。没错，芳草地上和绿森林里的任何风吹草动都逃不过秃鹫巴扎德老先生的眼睛。他的翅膀又宽又大，只要他愿意，他就可以在空中急速飞翔。他往下看的时候，发现水貂比利正自顾自地往前赶路，根本不理会水獭小乔；水獭小乔自顾自地往前赶路，根本不理会麝鼠杰里；麝鼠杰里自顾自地往前赶路，根本不理会青蛙爷爷弗洛格；青蛙爷爷弗洛格自顾自地往前赶路，根本不理会乌龟斯伯蒂。

"俺想俺最好尽快赶到欢笑小溪的源头去，亲自找到问题的症结所在；然后俺再赶回来，把情况告诉乌龟斯伯蒂小鬼。这样，他就不要再这么辛苦地赶路了；要是乌龟斯伯蒂小鬼知道了问题的根源，看水貂比利那个小鬼还有什么可神气的。"秃鹫巴扎德老先生一边自言自语，一边箭一般地往绿森林飞去。那里是欢笑小溪的发源地。没多久，他就把水

貂比利远远地甩在身后，就像比利把乌龟斯伯蒂远远地甩在自己的身后一样。

用翅膀要比用双腿省事得多，

方式不同却能达到相同结果，

用翅膀飞可以省时又省力，

俺正用它们去做一件好事。

禿鹫巴扎德老先生一边哼着这首小曲儿，一边飞到绿森林那里，第一个找到了欢笑小溪不再欢笑、

微笑池塘失去笑容的原因。

可是，他实在是太惊讶了，早把回去告诉乌龟斯伯蒂的事儿忘到了爪哇国。除了惊讶之外，其他事儿他全都忘得一干二净，他使劲地眨巴着眼睛，确定自己不是在做梦。然后他在空中打着旋儿，一边瞧绿森林，一边一遍遍地自言自语——

　　你之前遇到过吗？

　　没有，从来没有！

　　你之前遇到过吗？

　　没有，从来没有！

乌龟斯伯蒂一刻不停地往前爬

一步，两步，三步，加把油！
四步，五步，六步，莫停留！
只要你坚持不懈，尽你所能，
别人休整时，你只要分秒必争，
你就非常有可能做到反败为胜。

乌龟斯伯蒂沿着欢笑小溪岸边往前艰难地跋涉

着。每当他将要丧失信心的时候，他就一遍又一遍
地默念这首小曲儿，来给自己打气鼓劲儿。念完之
后呢，他便觉得自己再次充满了使不完的劲儿。"一
步，两步……"他一遍一遍地念叨着，每念一句，
他便朝前迈出一步。斯伯蒂的腿非常短，所以呢，
他的步子自然也非常小，非常非常小。不过，他知
道，每迈出一步，他便会离自己的目的地更近一点
儿。怎么说呢，他打心底希望如此。

　　我们知道，如果欢笑小溪不再欢笑、微笑池塘
不再微笑的话，这里的居民唯有搬到里弗河一条路

可走。大家伙儿谁都不愿意这么做，青蛙爷爷弗洛格和乌龟斯伯蒂尤其不愿意这么做。

水貂比利的腿脚比水獭小乔的腿脚麻利，水獭小乔的腿脚比麝鼠杰里的腿脚麻利，麝鼠杰里的腿脚比青蛙爷爷弗洛格的腿脚麻利，青蛙爷爷弗洛格的腿脚比乌龟斯伯蒂的腿脚麻利；同时，他们个个争先恐后，奋勇向前；结果呢，谁也不愿意等待后面的人。可想而知，驮着房子的乌龟斯伯蒂被其他人远远地甩在了后面。不过，他依然闷着头往前爬。

一步，两步，三步，加把油！
…………

任何东西都不能分他的心，让他停下来。他从树枝上面直接爬过去，遇到大石头便绕道而行，遇到浅滩就游过去。在浅滩游时，他感到非常高兴，因为他游泳的速度要比爬行的速度快。

好长好长一段时间以后，乌龟斯伯蒂来到一个浅滩旁，在阳光的照耀下，河水温乎乎的，泡在里

　　浅滩中央有一块布满青苔的石头，青蛙爷爷弗洛格
正坐在上面呼呼大睡呢。

面舒服极了。浅滩中央有一块布满青苔的石头，青蛙爷爷弗洛格正坐在上面呼呼大睡呢。他觉得自己已经把斯伯蒂远远地甩在了身后，他大可以好好地歇歇脚。斯伯蒂是多想爬到那块石头上，也美美地眯上一觉呀，但是，他不能这么做。他撇了撇嘴，然后继续往前爬。

一步，两步，三步，加把油！
…………

与此同时，青蛙爷爷弗洛格还在那里呼呼大睡呢。

又过了好长好长一段时间，斯伯蒂又来到另一个浅滩旁。麝鼠杰里正在那里大口大口地嚼着淡水蚌。他忙着享用美餐，根本就没有注意到斯伯蒂。斯伯蒂没有和他打招呼，而是继续往前走。杰里的吃相勾得他心里直痒痒，但他却只能视若无睹。

又过了好长好长一段时间，斯伯蒂又来到另一个浅滩旁。这个浅滩的滩壁又高又光滑，水獭小乔正沿着光滑的滩壁往下滑，正玩得不亦乐乎。斯伯蒂的心里痒痒得很，真想也玩儿一会儿，但是，他不能这么做。他悄悄地躲过水獭小乔的目光，继续往前爬。

　　一步，两步，三步，加把油！
....

　　又过了好长好长一段时间，斯伯蒂来到一个空心圆木前。他往里瞧了瞧，发现树洞里有个人正蜷缩着身子呼呼大睡。他是谁？哈哈，水貂比利，肯定错不了！我们知道，比利觉得自己已经遥遥领先了，停下来睡上一觉没什么不可，于是便钻进树洞里睡了起来。乌龟斯伯蒂没有叫醒他。斯伯蒂继续慢吞吞地往前爬，从早上一直爬到晚上。整天乐呵呵的红圆脸太阳公公爬上紫山丘后面的小床上睡觉以后，乌龟斯伯蒂找到了让欢笑小溪和微笑池塘失去笑容的原因。

乌龟斯伯蒂的发现

　　乌龟斯伯蒂瞪着大眼珠子看呀看，看呀看，看得他那两个眼珠子都快要从他那颗可爱的脑袋壳儿上蹦出来似的。当然喽，他是愿意相信自己眼睛的，可是……可是……呃，要是换做别人看到这一切而后转告他的话，打死他，他都不会相信。不会的！他绝对不会相信。我们之所以这么肯定地认为他不会相信这一切，是因为……呃，说破大天，这一切原本就不应该发生。

　　他甚至怀疑是不是自己看花了眼，于是小心翼翼地换了个方位继续查看。他没有看花眼。这个时候，斯伯蒂才完全确定自己没有看错。他知道欢笑小溪出了什么毛病啦。正是那个原因害得欢笑小溪和微笑池塘失去了往日的欢笑。

　　乌龟斯伯蒂的心情相当不错。说得更准确一点，斯伯蒂的心情非常不错，因为他是找到欢笑小溪不再欢笑的原因的第一人。至少他是这么认为的。没

错，在生活在微笑池塘一带的小动物们中，他的的确确是第一个。只有秃鹫巴扎德老先生比他发现得早。不过，他不算数。因为他有着一对宽大的翅膀，可以轻而易举地飞到绿森林上空，然后往下看即可。能作数的只有水貂比利、水獭小乔、麝鼠杰里和青蛙爷爷弗洛格。水貂比利正在半路上打盹儿呢。水獭小乔正在半路上玩耍呢。麝鼠杰里正在半路上吃河蚌呢。青蛙爷爷弗洛格正在半路上呼呼大睡呢。只有乌龟斯伯蒂争分夺秒、一刻不停地往前爬，现在终于抵达了目的地，成为找到欢笑小溪不再欢笑的原因的第一人。他感到自豪、兴奋又有何不可？一刻不停地往前爬，凭借这种方式，乌龟斯伯蒂第一个抵达了目的地。

可是这个时候，斯伯蒂反而希望其他人能尽快赶到这里来。他想知道他们的看法。他想和他们就这个问题探讨一番。他一丁点儿头绪也理不出来，因而迫切地想知道其他人的看法。现在，阴森的黑影已经慢慢地向绿森林围拢过来，他们要是不能及时赶到这里的话，那就只能等到明儿了。

乌龟斯伯蒂找到一个不错的去处，打算在那里过夜，然后他坐下来仔细地观察并倾听着。那个让他深感茫然的东西就在他的近旁。它到底是什么呢？呃，是一堵墙。没错！那里有一堵墙——一堵用圆木、树枝和黏土砌成的墙，它把欢笑小溪拦腰阻断，墙又陡又窄。难怪欢笑小溪会失去欢笑！如今，渗过那堵用圆木、树枝和黏土搭成的墙的水连让欢笑小溪做个浅笑都不可能了。这堵墙的后面会有什么呢？是谁建造的它呢？他们为什么要建造它呀？……一连串的疑问塞满了斯伯蒂的小脑壳儿。想着想着，他便进入了梦乡。

绿森林里冒出来一个大水塘

　　清晨的第一束阳光射进绿森林里的时候，乌龟斯伯蒂醒了过来。现在他在欢笑小溪的源头，离自己的家非常非常远，之前他还从没有出过这么远的门。他伸了个懒腰，舒展了一下身子，想起那堵用圆木、树枝和黏土搭成的墙，他恍恍惚惚地觉得自己好像是在做梦。他使劲儿揉了揉眼睛，把最后一丝困意彻底赶走之后，便睁大眼睛看。墙还在那里，眼前的情景和昨晚的一模一样！斯伯蒂这才相信这一切都是真的，并琢磨起来墙的后面到底会有些什么东西。

"墙我肯定是爬不上去的。我生来就不会爬树或爬墙什么的。"斯伯蒂一边盯着自己那些有趣的黑色脚趾，一边幽幽地说，"哦，上帝啊，要是我能像松鼠杰克那样会爬树，那该多好！"就在这时，一个想法突然闯进斯伯蒂的脑袋里，把他脸上的愁容驱赶得一干二净。"没准儿松鼠杰克有时像我希望自己会爬树一样，希望自己会游泳呢。哈哈，我们扯平了。我不会爬树，他不会游泳。妄想得到不可能得到的东西，可真是愚蠢至极！"

想到这些，乌龟斯伯蒂心中所有的不悦在一瞬间全都烟消云散。他开始盘算自己该如何尽量减少路程，如何好好地利用自己的耐力。我们知道，他有的是耐力。他往左边瞧了瞧，又往右边瞧了瞧，发现如果能爬上欢笑小溪岸边的话，他便可以沿着溪岸爬到那堵用圆木、树枝和黏土砌成的墙上；然后呢，他自然就可以看见那堵墙后面的情形啦。

　　乌龟斯伯蒂又开始奢望自己可以实施他根本就不可能完成的工程。他来到一个他自认为可以爬上去的地方，开始往上爬。哦，上帝啊，上帝啊，上帝啊，这真是近乎异想天开！我们知道，他必须得驮着自己的房子，走到哪里，就得把它驮到哪里，即使不驮任何东西，对他来说，上这样的高坡几乎是不可能的。他每往上爬三步，就会往下出溜两步。尽管如此，他依然坚持不懈。他一边大口大口地喘着粗气，一边给自己鼓劲——

　　越是敢想敢做，就越是敢做敢想！
　　只要坚持信念，我便可实现理想。

爬到一半的时候，斯伯蒂突然失去了平衡，不由自主地往后一仰身，便骨碌骨碌地滚到了出发地。

"我必须保持冷静才行。"斯伯蒂一边自言自语，一边滑进一个小水坑里。然后他继续往上爬，这次他依然是爬三步往后出溜两步。但他紧闭双唇，坚持不懈地往上爬。最后，他终于爬到了自己刚才不慎滚落的地方。他停下脚步，开始歇息。

越是敢想敢做，就越是敢做敢想！
只要坚持信念，我便可实现理想。

斯伯蒂一边说，一边再次起程。没想到，他又滑了一跤，再次滚落到自己出发的地方。第三次还是如此。每一次他都会自我嘲弄一番，然后继续尝试。最后，他终于爬到溪岸上。

"我说过，敢想敢做就能敢做敢想。结果呢，我真的做到了！"他大叫道。

他急匆匆地去看那堵奇怪的墙后面到底有什么。你猜，那里有什么？哎呀，那里竟然有一个水塘！没错！绿森林的中央有一个大水塘！那里面还有很多棵树，不过，它的的确确是一个大水塘。发现这

个墙把欢笑小溪拦腰截断的时候，他已经目瞪口呆了；现在，墙的后面竟然有一个大水塘，一时间他怎么能相信自己的眼睛啊。

"怎么回事，怎么回事，怎么回事，这到底是怎么回事？"乌龟斯伯蒂惊呼道。

"这也正是我想知道的！"水貂比利大叫道。这个时候，水貂比利也出现了。

水塘到底是谁的杰作

　　这个水塘到底是谁的杰作呢？乌龟斯伯蒂迫切地想知道答案。水貂比利迫切地想知道答案。水獭小乔、麝鼠杰里和青蛙爷爷弗洛格来到这里以后，他们也同样迫切地想知道答案。在碧蓝碧蓝的半空中往下看的时候，秃鹫巴扎德老先生也迫切地想知道答案。太奇怪了，实在是太奇怪了！绿森林里的这个地方从来就没有过这么一个大水塘，即使在南风小妹一夜之间把所有的积雪全都融化、欢笑小溪的溪水满溢、微笑池塘里的水位比平时高一倍的时候，这里也从来没有出现过什么大水塘。

这个大水塘肯定是某个人的杰作。乌龟斯伯蒂看到它的那一刻就猜到了这一点。他突然之间明白了这堵用圆木、树枝和黏土砌成的，把欢笑小溪拦腰截断的墙的用途。它是用来阻断欢笑小溪的溪水的。当然喽，溪水一旦被阻断，它便不能一路哗啦哗啦地汇入微笑池塘里了，相反，它会慢慢地汇入这个大水塘里。确定无疑！肯定是这个用途。它的用途是斯伯蒂一个人想出来的，他感到非常自豪。

"我们现在落脚的这堵墙造就了这个大水塘。"乌龟斯伯蒂说。很长一段时间以来，大家伙全都沉默无言。

"先别忙着下结论！"水貂比利说，"哼，你是瞎猜的吧？谁又敢确定无疑地说是这堵墙造就了这个大水塘呢？"

斯伯蒂知道水貂比利是在拿他寻开心。不过，因为一点鸡毛蒜皮的小事而妄动肝火的话，那也实

在不怎么明智。他挖空心思，想用一句机警的话把比利呛回去。可是，斯伯蒂不但行动迟缓，脑子也同样迟缓。他还没想出来那句话，人家比利早就不说话了。

"农夫布朗的儿子管这种墙叫大坝。"水貂比利说，他去过很多地方。"人们建造大坝的目的是把水拦住或者把水引到特定的地方。现在，我想知道的是，谁会在绿森林里建造一个大坝呢，他们建造这个大坝的目的到底是什么呢？青蛙爷爷弗洛格，您觉得谁会这么做？"

青蛙爷爷弗洛格摇了摇头。他呆滞地看着绿森林里的这个大水塘，他的那双圆鼓鼓的眼睛看起来往外突出得更加厉害了。

"我不知道，"青蛙爷爷弗洛格说，"我想不出来。"

"呃，肯定是农夫布朗的儿子或者农夫布朗建造的。"麝鼠杰里说。

"肯定没错。"水獭小乔说，就像他是知情人似的。

青蛙爷爷弗洛格又摇了摇头，看起来这种说法他也不怎么认同。"我不知道，"青蛙爷爷弗洛格说，"我不知道。我觉得应该不是这个样子的。"

水貂比利跑到大坝的内侧，然后用他的那双锐利的眼睛仔细地瞧了一番。

"青蛙爷爷弗洛格说得没错，"他返回来以后说，"不像是农夫布朗或者农夫布朗的儿子的手法。可是，要不是他们建造的话，那会是谁呢？谁会这么做呢？"

"我不知道。"青蛙爷爷弗洛格还是老说法，一副心不在焉的样子。

乌龟斯伯蒂看了看青蛙爷爷弗洛格，看见他脸

上现出向往的神情。这种神情只有在他讲述自己年轻时的见闻的时候，别人才能有缘一见。"我不知道，"他一遍一遍地重复道，"但是，在我看来，它好像是——"青蛙爷爷弗洛格突然停了下来，然后转身面向麝鼠杰里。"麝鼠杰里。"他说，青蛙爷爷弗洛格的声音非常尖锐，杰里不禁大吃一惊，差点儿跌倒，"你的大表哥是不是已经从北方搬到这里来了呀？"

麝鼠杰里的大表哥

胡猜，瞎蒙，乱估摸，胡揣测！

谁会让我们丈二和尚摸不着头脑？

胡猜，瞎蒙，乱估摸，胡揣测！

我们心中的疑惑不知谁能来打消？

欢笑小溪已经不再欢笑了，微笑池塘也失去了往日的笑容。在绿森林的深处，出现了一个大水塘。

这里有一个叫作大坝的东西，是某个人或某些人用圆木、树枝和黏土作原料建造而成的，到底是谁建的，谁都不知道。青蛙爷爷弗洛格还问麝鼠杰里的大表哥是不是从北方搬到这里来了。可是，杰里根本就不知道自己还有个大表哥。

"我……我根本就没有什么大表哥。"杰里从青蛙爷爷弗洛格的问题给他带来的惊讶中反应过来以后，回答说。

"哼！"青蛙爷爷弗洛格轻蔑地大叫道。他的口气让麝鼠杰里顿时觉得矮人三分。"哼！你当然有一

个生活在北方的大表哥啦。你难道想要告诉我你不认识他吗？麝鼠杰里。"

杰里只能老老实实地承认他不知道自己还有一个大表哥。要是青蛙爷爷弗洛格说他确实有一个大表哥的话，肯定错不了。因为青蛙爷爷弗洛格是一个见多识广的长者，他知道的东西肯定非常多。可是，自己还有一个从未听说过的大表哥，杰里打心底没法相信。

"您……您见过他吗，青蛙爷爷弗洛格？"杰里问。

"没有！"青蛙爷爷弗洛格大声说，"我从来没

有见过他。不过，有关他的事儿，我全都门儿清。你的那个大表哥是个能工巧匠，我们眼前的这种大坝他建造起来简直不费吹灰之力。"

"我不相信！"水貂比利大叫道，"我不相信麝鼠杰里的那个大表哥会有这个能耐，可以建造这么完美的大坝。呃，看看那根作为坝基的大树干吧！除了农夫布朗或者农夫布朗的儿子，还会有谁能拖得动这么粗重的树干呀。您疯了，青蛙爷爷弗洛格，您肯定是疯了。"有时候，水貂比利对青蛙爷爷弗洛格相当的不尊重。

"哼！"青蛙爷爷弗洛格说，"我年龄大了是不假。可是，我可不像某些人认为的那样，老得脑子不好使了。"他狠狠地瞪了水貂比利一眼，"我说过树干是拖过来的吗？"

"没有，"水貂比利回答说，"它如果不是被拖到这里的，那它是怎么到这里来的呀？您见多识广，青蛙爷爷弗洛格，请您告诉我！"

青蛙爷爷弗洛格一边说，一边冲着水貂比利使劲眨巴他的那双圆鼓鼓的大眼睛，看起来他像替比利感到非常非常遗憾似的："你的眼睛非常明亮，也非常敏锐，水貂比利。可是，你却不知道怎么好好地利用它们，实在是太遗憾啦。那棵树不是拖到这里的；它是瞄准这个方向，然后被放倒到这里的。"青蛙爷爷弗洛格一边说，一边指着那棵大树的树干。水貂比利发现青蛙爷爷弗洛格说的没有错。

不过，水貂比利和其他人一样，喜欢强词夺理。他突然大笑了起来。

"哈哈哈！呵呵呵！"水貂比利大笑道，"哈哈哈！呵呵呵！"

"到底有什么好笑的？"青蛙爷爷弗洛格气愤地问道。因为再也没有比被人取笑更让他难堪的了。

"您准会说除了农夫布朗或者农夫布朗的儿子之

外，还有谁可以把这么一棵粗大的树砍倒？"比利问，"可是，砍倒它并不比把它拖到这里容易到哪里去呀。"

"麝鼠杰里的大表哥可以做得到，我相信他可以做得到。"青蛙爷爷弗洛格回答说，"欢笑小溪和微笑池塘不再微笑的原因既然已经找到，那我们接下来该怎么办？"

麝鼠杰里忙了一整天

　　绿森林里平白无故地出现了这么一个奇怪的大水塘。这里冒出来了一个用圆木、树枝和黏土建造成的大坝，而奇怪的大水塘就是靠它形成的。虽然它看起来很壮观，可是水貂比利、水獭小乔、麝鼠杰里、青蛙爷爷弗洛格和乌龟斯伯蒂无法猜出这到底是谁的杰作。真是太奇怪了。他们越猜，它看起来就越奇怪。他们一会儿东瞧瞧，一会儿西看看。

"有一件事儿却是确定无疑的，那就是建造这座大坝的人根本就没替生活在欢笑小溪和微笑池塘一带的人着想。"青蛙爷爷弗洛格说，"他们真自私，实在是太自私了，这就是他们的本来面目！既然欢笑小溪不再欢笑，微笑池塘不再微笑，这个大坝又把溪水给拦住了，那么我们必须——"青蛙爷爷弗洛格停了下来，然后挨个儿看了一遍自己的那四位伙伴。

"必须什么？"水貂比利不耐烦地问道。

"必须把这个大坝破坏掉。我们必须挖个洞，好让溪水流出来。"青蛙爷爷弗洛格面色凝重地说。

"没错！我们也是这么打算的！"水獭小乔、水貂比利、麝鼠杰里和乌龟斯伯蒂异口同声地大叫道。

接下来，水獭小乔盯着水貂比利看，水貂比利盯着麝鼠杰里看，麝鼠杰里盯着乌龟斯伯蒂看，然后他们一起严肃地盯着青蛙爷爷弗洛格看。最后，他们异口同声地问道："我们怎么破坏它？"

青蛙爷爷弗洛格若有所思地挠了挠脑袋，盯着那座用圆木、树枝和黏土建造而成的大坝出神地看了好长一段时间。接下来，他咧开大嘴，开怀大笑了起来。

"呃，简单极了，"他说，"麝鼠杰里在大坝的底部钻一个大洞就可以。做这个，他最在行。我们则站在一旁，密切注意周围动静，看到任何危险，及时报告。"

"妙计！"水獭小乔、水貂比利和乌龟斯伯蒂大叫道。可是，麝鼠杰里却提出抗议。我们知道，这可不是件容易做的事。幸亏这个时候杰里想起了他那可爱的微笑池塘，要是它从此不再微笑了，那将是多么可怕的事呀。想到这里，他没再多言，开始工作。

我们知道，麝鼠杰里也是一个不错的巧手，平

时他沿着微笑池塘的岸边挖了很多长长的水下隧道。因此，他想当然地认为自己可以不费吹灰之力就能打通那个大坝。可是，他刚开始动手，立马就遇到了麻烦。没错！杰里刚开始动手，立马就遇到了大麻烦。我们知道，建造大坝的主要原料是树枝，而非黏土。结果呢，他没法儿像在微笑池塘里挖隧道那样挖洞了，每隔几分钟，他就得停下来，把前面的树枝咬断。

这可真是一项艰辛的工作，一项最最艰辛的工

作。不过，麝鼠杰里是这么一种人——事情越难做，他的决心反而会越大。青蛙爷爷弗洛格坐在那座大坝的一端，假装放哨，其实呢，他是在偷偷地打盹儿；乌龟斯伯蒂则坐在大坝的另一端，也在那里放哨；水貂比利和水獭小乔在那个大水塘里游来游去，玩儿得不亦乐乎；与此同时，麝鼠杰里在那里努力地挖呀挖，挖呀挖，挖呀挖。整天乐呵呵的红圆脸太阳公公落到紫山丘后面的时候，杰里终于把这个奇怪的大坝打通了，溪水再次注入欢笑小溪之中了。

杰里大失所望

十拿九稳的事世间少有，

人算终归胜不过天注定。

我们只需做到知足常乐，

我们只需尽人事听天命。

　　一整个晚上，麝鼠杰里一直蜷缩着身子。他实在是太疲倦了，上下眼皮就跟粘在了一起似的，根本没法儿去找个可以舒舒服服睡上一觉的地儿。不过，他打心眼儿里高兴。没错，杰里非常高兴。朦朦胧胧之中，他听见欢笑小溪再次欢笑起来。那是很轻的涓涓细流声，不过，杰里相信用不了多久，它就会变成哗啦哗啦的欢笑声，它很快就会把欢乐注入每个人的心田。

杰里非常高兴。欢笑小溪之所以能够再次哗啦哗啦地欢笑起来，这难道不是他的功劳吗？某人建造了一座大坝，把欢笑小溪拦腰截断，让它失去了昔日的笑声。现在，他——麝鼠杰里，忙活了一整天，终于在大坝的底部钻了一个大洞。现在，溪水再次畅流无阻。用不了多久，这座在绿森林里刚刚冒出来的奇怪大水塘就会消失，欢笑小溪和微笑池塘将会再次焕发出美丽的青春气息。他忙活了一整天，累得筋疲力尽，现在，他必须得好好地睡上一觉。放在往常，他会在大白天里睡上一段时间，晚上的时候出门四处瞎逛。

那天晚上，麝鼠杰里做了一个甜美的梦，他梦到了可爱的微笑池塘，梦到了它笑眯眯的样子。乌

龟斯伯蒂把杰里叫醒的时候，他依然沉醉在那个美梦之中。天已经大亮了。杰里打了个哈欠，又伸了个懒腰，然后躺到地上，试图倾听欢笑小溪甜美的潺潺声。可是，这里没有甜美的潺潺声。实际上，这里一丁点儿的声响都没有，杰里开始怀疑自己到底是不是真的已经醒了。他盯着乌龟斯伯蒂仔细地瞧了一阵子，看到斯伯蒂的脸上写满了忧虑，他这才确切知道自己不是在做梦。

"赶紧起来，麝鼠杰里，快来看看你昨天挖的那个大洞。那个洞你挖得不大合适。你看，它已经被堵上了，水根本就流不通了。"斯伯蒂说。

"我明明挖好了呀!"杰里厉声说道,"在挖洞这方面,我可是个行家,我完全是照着往常的方式挖的。你们这些懒惰的家伙闲得无事可干,就知道坐在那里打盹儿,还美其名曰在那里密切注意动静。你要是对我干的活儿不满意的话,你们最好去忙自己的事吧。"

"对……对不起,麝鼠杰里。我不是这个意思。"斯伯蒂回答说,"你看,我们也都急得跟热锅上的蚂蚁似的。昨天晚上,我们也以为今儿一早欢笑小溪肯定会再次绿水长流的,只要我们愿意,我们随时都可以返回微笑池塘。谁知它的糟糕境况竟然丝毫没有改变。"

"这也许是因为一些树枝和枯草被水冲到那个洞口又把它给堵住了。肯定是因为这个缘故。"杰里一边往大坝那边跑去,一边满怀希望地说。

麝鼠杰里先是仔细地查看了一下大坝的外侧,然后扎进那个大水塘里。他跳进去了好长一段时间,但是始终不见出来。水貂比利正要扎进水里去看看杰里到底出了什么事儿的时候,杰里冒出了水面。

　　"找到原因了吗？"乌龟斯伯蒂、青蛙爷爷弗洛格、水貂比利和水獭小乔异口同声地大声问道，"是不是树枝和枯草把那个洞口给堵上了？"

　　杰里一边摇头，一边慢慢地从水里爬出来。"不是那回事儿。"他说，"不是那回事。堵住那个洞的东西不是树枝和枯草，是树枝和黏土。我昨天挖的那个洞已经被人堵上了，接下来我还得再花上一天的工夫儿重新挖一个洞。"

　　此时，青蛙爷爷弗洛格、乌龟斯伯蒂、水貂比利、水獭小乔和麝鼠杰里惊得面面相觑，好长一段时间，都没人能说出一句话来。

麝鼠杰里密切关注周围的动静

我有一个发现事情的原委、
随时了解周围一切的良方，
那就是，把我的眼睛擦得雪亮，
让我的耳朵时刻都能谛听四方。

　　麝鼠杰里一边念叨着，一边在绿森林深处那个
把欢笑小溪拦腰截断的大坝上找了个舒适的地方坐

下。然后他出神地盯着那个奇怪的大水塘，水塘里面的那些黑影变得越来越长。

"我要去把建造这座大坝并堵上我挖的那个大洞的那个人给找出来！我一定要把他找出来，即使让我搬到这里来，在这里住上一整个夏天我也在所不惜！"杰里一边说，一边把牙齿咬得嘎嘣嘎嘣响。看来，他不是说说而已。

这是因为，杰里又花了一整天的工夫，把自己累得够呛，好不容易又挖了一个洞；可是，他一觉醒来，却发现它又被堵上了。杰里不禁火冒三丈。他决定不再白费力气，而是下定决心非要把那个耍弄自己的人给揪出来不可。他要一直等着他们出来，他们的个头儿要是比他小的话，或者他们不是人多势众的话，他就可以……杰里把自己的牙齿咬得嘎嘣嘎嘣响，听起来他肯定要狠狠地整治那些人一番。

水貂比利和水獭小乔已经完全放弃了，开始向里弗河进发。他们是赶路的好手，所以，赶路这件事他们一点都不犯难，毕竟欢笑小溪和微笑池塘已经快见底儿了。青蛙爷爷弗洛格和乌龟斯伯蒂赶起

你好，麝鼠杰里！

路来慢慢吞吞，他们觉得里弗河实在是太过遥远，于是他们决定在这个奇怪的大水塘里暂住一段时间，虽然这里和可爱的微笑池塘没什么可比性。现在该睡觉了，于是他们各自找了个安全而隐蔽的地方睡下了。

麝鼠杰里便一个人坐在那里，仔细地观察着。大水塘里的黑影越来越长，越来越黑。不过，杰里对这些一点儿都不在乎，因为我们知道，他的眼睛在黑夜里也可以看得一清二楚，而且他非常喜欢黑暗。杰里一动不动地在那里坐了很长一段时间。他一边全神贯注地倾听着，一边密切关注着周围的动静。不一会儿，他看到了某个东西，那个东西顿时让他血冲脑门，胸闷气短。水里有一条银色的细线正往杰里这边游来。杰里知道那是某人在游泳。

"哈哈！"杰里说，"狐狸尾巴终于露出来了！"

那根银线离杰里越来越近，越来越近。之后，杰里看见了那个人的脑袋。杰里心中的怒火突然间熄灭了。他的心里已经没有空间让给愤怒了，恐惧已经占据了他的心。杰里见过无数只麝鼠，他们的脑袋都要比那颗脑袋小得多。这个脑袋甚至比水貂比利亲戚的脑袋还要大。那是一个陌生人的脑袋，这个陌生人的块头儿实在是太可大了，杰里不禁觉得自己非常非常渺小，他多么希望那个陌生人没有看见自己啊。

那个陌生人从杰里的身旁游过，然后爬到大坝上。他和杰里长得非常像，只不过他的个头儿要比杰里大得多。他的尾巴好大呀！这么又大又肥的尾巴杰里还是第一次见到。那个陌生人突然转过身来，目光灼灼地看着杰里。

"你好，麝鼠杰里！"他说，"你认识我吗？"

杰里吓得一句话也说不出来。

"我是你的大表哥啊，住在北方。我叫河狸帕迪。如果你不再破坏我的大坝的话，我想我们会成为好朋友的。"那个陌生人继续说道。

"我……我……我也希望能和你成为好朋友。"杰里嗫嚅道。他竭力想表现得礼貌一些，可是大表哥实在是太可怕了，他的牙齿禁不住咯咯地打起架来。

杰里不再害怕

哦，告诉我，你，你，还有你，

是不是确定无疑地听说过，

在所有奇妙的事物之中，

言语是个最为奇妙的东西？

这一点儿不假。这是一条放之四海而皆准的真理。如果你不认可这种说法的话，你大可去问问麝

鼠杰里，他肯定会告诉你此言非虚，杰里对此深有体会。且听我细细说来：言语不仅仅只意味着声音。哦，上帝啊，一点儿不错！它们是小小的传话者，一旦它们从人们的口中蹦出并传播开来，再想把它们收回门儿都没有。没错！它们一出口，立马就会跟泼出去的水一样，再也无法收回。有的时候，它们会因此给你带来麻烦，因为——呃，我们知道，这些小小的传言总会把一些信息传递给其他人，而这些信息可能是愤怒，或者是憎恶，或者是恐惧，还有可能是瞎话，正是这些东西足以让世界陷入混乱之中。这些信息还有可能是关爱，或者是同情，或者是良言，还有可能是仁慈，正是这些东西让不好的世界重新变得美好。

我们不妨拿麝鼠杰里来做例子。他坐在那座刚刚冒出来的大坝上——有了它之后，绿森林里顺理成章地出现了一个奇怪的大水塘。当他看见一个比自己个头儿大非常非常多的陌生人爬上大坝的时候，恐惧让他的牙齿不听使唤地咯咯直响。杰里差点儿吓破胆儿，因为这个陌生人的水性和他一样完美。

这会儿，在这个地方，根本就没有个地洞可以让杰里躲藏起来，杰里心里明白得很——只要那个陌生人想袭击他，他根本就无处可逃。不用别人说，仅凭本能杰里便猜出这座大坝肯定是这个陌生人建造的。我们之前已经说过，杰里在这座大坝上挖了一个洞，好把大水塘里的水放进欢笑小溪，而且他干了还不止一次。杰里心里明白得很——要是他好不容易建造了一座大坝，可是偏偏有人蓄意破坏它，他肯定会非常非常生气的。而他现在恰恰正在干这事儿。他坐在那里，牙齿嘎嘣嘎嘣响，吓得没了主意，竟然都不知道应该赶紧逃跑了。

"要是有人给我放哨，那该有多好。"杰里自言自语道。

就在这个时候，那个高大的陌生人开口说话了。他竟然说："你好，麝鼠杰里！你认识我吗？"他的语气中竟然一丁点儿的愤怒也没有。接着，他还告诉杰里他是杰里的大表哥河狸帕迪；还有就是，他想和杰里做朋友。

现在，这里的一切并没有丝毫的改变，还和以

前一样——奇怪的大水塘、大坝、杰里、那个大块
头儿陌生人、夜晚的黑影。但是，从某种意义上讲，
这里的一切已经悄然发生了改变，这一切都要归功
于那几句暖人心扉的话语。杰里心中的恐惧顿时消
失不见。此时此刻，他的心中充满了希望，他希望
所有的噩梦赶紧结束。于是他毕恭毕敬地对河狸帕
迪的问题一一作答。帕迪的言行举止也是非常有教
养的。杰里看见这座大坝的建造者的那一刻，他便

认定他们之间肯定会成为敌人。不过，此时此刻，杰里知道了，他们将会成为亲密的朋友。这是因为河狸帕迪已经清清楚楚、明明白白地表达出了友善。

"可是，你为什么要在我建造的大坝上钻洞啊？你还没告诉我为什么呢，杰里表弟。"河狸帕迪说。

杰里心里矛盾得很，一时间不知道该怎么开口。他非常喜欢自己的这位大表哥，很不愿意伤害他的情感，不想告诉帕迪这座大坝给欢笑小溪带来的负面影响。但是，这座大坝确实给欢笑小溪和微笑池塘带来了不小的灾难。最后，他下定决心要把事情的原委告诉大表哥。

河狸帕迪用行动补偿自己的过失

河狸帕迪的小表弟麝鼠杰里，把大坝给欢笑小溪和微笑池塘带来的灾难一股脑儿讲给河狸帕迪听，帕迪静静地倾听着。

"你知道，我们这些住在微笑池塘一带的人非常热爱微笑池塘，不想离它而去。可是，如果溪水从此不再注入欢笑小溪的话，微笑池塘便会消失。结果呢，我们都得搬到下游的里弗河去。"麝鼠杰里最后总结道，"我之所以破坏你建造的大坝，就是因为这个。"

河狸帕迪眨巴了一下眼睛，然后说："呃，我比你强大得多，你干的那些都是白忙乎，我可以轻而易举地阻止你，接下来你还能怎么办？"

"我不知道，"麝鼠杰里悲伤地说，"我不知道我们该怎么办。你个头儿比我大，力气也比我大，你想干什么就可以干什么，这些都不假。可是，你，一个刚刚来到这里的人，害得我们失去世世代代居

住的家园，这实在有些不公平。我有个好主意，请听我说说看！"杰里突然萌生一个好点子，他情不自禁地眨巴了几下眼睛，"你搬到下游的微笑池塘里，和我们做邻居，怎么样？我敢打包票，那里肯定还有你住的地儿！"

河狸帕迪摇了摇头。"我不能这么做。"他说。帕迪的话刚一出口，杰里的心就已经凉了大半截。"不行。我不能离开这里。因为下游没有可以供我吃的食物品种。另外，生活在微笑池塘里，我一点儿安全感都没有。你是知道的，我一直都住在树林里。不行，想让我搬到微笑池塘一带去住，门儿都没有。我给你们带来这么多的困扰，我感到非常抱歉，杰里表弟。我会用实际行动来请求你们的谅解。你待在这里别动，我一会儿就回来。"

杰里还没有明白过来帕迪将要做什么，河狸帕迪早就一个猛子扎进了大水塘里。

他用劲儿很猛，那条宽大的尾巴激起一个大水花，杰里赶紧往后跳，以躲避水花。接下来，水塘里的水慢慢地变得混浊起来。不一会儿工夫，一根小木棍突然冒出了水面，接下来是第二根、第三根……水被搅得混浊不堪，杰里看不清水底下正在发生的事情。帕迪在水里待了很长一段时间。杰里不禁感到非常好奇——待在水里这么长时间，不用换气，他可真是厉害。其实呢，帕迪一直在和杰里玩着猫鼠游戏。他时不时地偷偷浮到接近水面处，只把鼻子尖儿露出水面，毫不迟疑地偷偷换口气，然后再次钻入水底。

这时，麝鼠杰里突然听到了似曾相识的哗哗声。他赶紧竖起那双小巧玲珑的耳朵仔细倾听起来；然后他转过身，目光越过大坝，向欢笑小溪望去。你猜，那是什么声音？哈哈，是溪水流动的声音，那是很长时间以来杰里所听到的最美妙的声音。原来大坝上被凿了一个洞，溪水重新流动起来，欢笑小溪再次欢笑了起来。

"我这么做，你觉得怎么样，杰里表弟？"杰里的耳畔突然响起说话声。原来，河狸帕迪已经钻出水面，悄悄地爬到了他的身旁。帕迪正冲他狡黠地眨巴着眼睛呢。

"妙……妙极了!"杰里掩饰不住兴奋之情,"可是……可是,这么一来,你不是亲手把自己建造的大坝给毁了吗?!"

"哦,没关系。"帕迪颇为大方地说,"嗯,我已经不怎么想要它了。我很少在每年的这个时候建造大坝。这个地方看起来非常不错,是个建造大坝的好地方,于是我就建造了这么一个,纯粹是为了好玩儿。告诉你吧,我恰好经过这里,看到了这个美妙的地方,于是决定在这里逗留几日。我对微笑池塘的存在一无所知,这你知道。现在,我应该再次起程了,我想去找一个新地方,等秋天一到,就可以放心大胆地在那里建造大坝了,这样不会给任何人带来麻烦。你知道,我不想被别人打搅,同样的道理,我也不愿意打搅别人。绿森林真是个好地方。"

"如果没有芳草地和微笑池塘,绿森林肯定是世界上最好的去处!"杰里毫不迟疑地说,"你难道不愿意留下来吗,帕迪表哥?我敢打包票,大家伙儿肯定会欢迎你的到来的。"

"我们当然愿意他留下来。"他们的侧后方突然传来生硬的说话声。原来是青蛙爷爷弗洛格。

　　河狸帕迪看上去一副心事重重的样子。"欢笑小溪里如果能有很多捉迷藏的地方的话,"他说,"我也许会重新考虑一下。"

欢欢乐乐回家去

欢笑小溪笑声再现，

我也因此重展欢颜。

杰里高兴地唱道。青蛙爷爷弗洛格也说自己非常高兴。斯伯蒂也这么说。没多久，这事儿大家伙儿就全都知道了。

不久以前，就在这里，这片绿森林里，还有一个大水塘。可现在，这里除了一些尚在滴水的树根以及河狸帕迪建造的那座大坝以外，已经没有任何东西了。帕迪在那座大坝底下挖了一个大洞。

绿森林里再次响起欢笑小溪银铃般的笑声。这都是因为河床里又有活水流动了。青蛙爷爷弗洛格、麝鼠杰里和乌龟斯伯蒂的心里也全都充满欢乐。因为现在微笑池塘终于可以找回昔日的笑容了，他们也可以安安心心、快快乐乐地回家了。他们中有一个笑得尤其开心。猜猜他是谁？呃，非河狸帕迪莫属，而且他的笑容最为甜美，因为正是他给大家伙儿带来了这些欢乐。

"在比赛谁能第一个抵达这个大坝的竞赛中，你是胜利者。但是，你如果还在想谁能第一个返回微笑池塘的竞赛中再次击败我的话，你肯定是在做白日梦。"麝鼠杰里冲乌龟斯伯蒂大叫道。

斯伯蒂和善地哈哈大笑了起来。"那么，一路上你最好不要停下来，不要吃东西，不要逗留玩耍。"他说，"因为我会一刻不停地赶路的。我发现要想做成什么事，就得这么坚持不懈才行。"

　　"我们还是一起下山吧。"青蛙爷爷弗洛格建议道，"这样的话，遇到难走的地方，我们可以相互有个照应。"

　　一想到青蛙爷爷弗洛格或者乌龟斯伯蒂竟然可以帮助自己，麝鼠杰里差点儿笑岔了气儿。不过，杰里是个软心肠，最终还是同意大家伙儿一起下山。河狸帕迪说他愿意一起下山。四个小伙伴于是一同起程，麝鼠杰里和河狸帕迪在前面打头阵，并排往前游，紧随他们之后的是青蛙爷爷弗洛格和乌龟斯伯蒂。

　　我们知道，在陆地上爬行，乌龟斯伯蒂的脚力

不行。不过，换到在水里游泳，再想当然地认为斯伯蒂游得很慢，那就大错特错喽。实际上，没过多久，青蛙爷爷弗洛格就发现落在最后面的是自己啦。这是因为，斯伯蒂是个优秀的潜水家。青蛙爷爷弗洛格虽然可以在短距离的游泳竞赛中取胜，但是，他缺乏耐力，用不了多久，就会精疲力竭了。果然没过多久，他就已经累得气喘如牛，被越落越远，越落越远了。又过了一会儿，乌龟斯伯蒂忍不住回头望了一眼。一个水柱劈头盖脸地朝青蛙爷爷弗洛格打来，把他打翻了。他随即翻过身来，一边大口大口地喘着粗气，一边无力地扑腾着双腿。斯伯蒂爬到一块大石头上，开始等青蛙爷爷弗洛格撵上来。青蛙爷爷弗洛格游到近前的时候，斯伯蒂把他拉到石头上。青蛙爷爷弗洛格喘过气儿来以后，猜猜斯伯蒂做了些什么？他竟然背起青蛙爷爷弗洛格，然后继续赶起路来。

我们知道，麝鼠杰里和河狸帕迪都是游泳健将。他们一眨眼的工夫便不见了，这一点儿都不奇怪。

这时候，杰里突然想起来他们约定一起下山的，

于是回头望去，青蛙爷爷弗洛格和乌龟斯伯蒂还没影儿呢，一丝内疚涌上心头。于是他和帕迪一起停下来，耐心地等着后面的人。好像过去了足足有一个世纪的时间，他们看见水里有个奇怪的鱼漂似的东西正晃晃荡荡地朝他们这边游来。

"肯定是青蛙爷爷弗洛格。"河狸帕迪大叫道。

"不对，肯定是乌龟斯伯蒂。"麝鼠杰里纠正道。

"是他们俩。"帕迪一边说，一边乐得哈哈大笑起来。

就在这个时候，斯伯蒂一不留神儿，又被一个浪花打翻了身。当然喽，青蛙爷爷弗洛格根本没时间反应，一下子趴到斯伯蒂的龟壳儿上。

"我有个好主意！"帕迪大叫道。

"什么好主意？"杰里问道。

"呃，我的尾巴又宽又平，可以由我来驮青蛙爷爷弗洛格。"帕迪说，"然后，我们慢慢走。这样，斯伯蒂也不会被落下。"

于是，就在第一抹月光开始亲吻微笑池塘的水面的时候，从欢笑小溪里出来了一队兴高采烈的人们。

"呱呱！"青蛙爷爷弗洛格叫道，"回到家中真是好极了。不过，我觉得，我要是能像河狸帕迪那样，可以有一条大尾巴作船的话，我肯定会经常到外面游玩去。"

河狸帕迪决定留下来

美丽的芳草地百花争妍，

微笑池塘和欢笑小溪——

让我们充满无限眷恋。

那里的每个角落我们都喜欢。

麝鼠杰里一边往微笑池塘中央的大石头上爬，一边哼着这首小曲儿。河狸帕迪在他的身旁，可爱

的微笑池塘在月光下泛着涟漪，展现着醉人的笑容。帕迪静静地看着它。在大麻烦缠上他之前，他常常这么做。

"呱呱！"灯芯草草丛里传来青蛙爷爷弗洛格浑厚沧桑的嗓音，"一样东西只有在失而复得以后，它的主人才会真正珍惜它。"

灯芯草们点了点头，就跟它们也认可青蛙爷爷弗洛格的说法似的。我们知道，它们的根终于可以再次泡在凉爽的水里了。河狸帕迪看上去已经完全明白大家为什么这么高兴，看到自己的新朋友们这么开心，他满意地笑了。

"这里的确是一个不错的地方，你们不愿意离开这里，我一点儿都不奇怪。"他说，"我曾经让你们担惊受怕，给你们带来那么多的麻烦，我感到非常

抱歉。不过，你们也知道，我不是成心的。"

"哦，没事的！"麝鼠杰里急忙帮帕迪打圆场，现在，他的这个大表哥让他感到倍儿有面子。"你既然已经知道微笑池塘到底有多么好，我希望你能留下来，把这里当作自己的家。"

河狸帕迪转过身，看了看远处的黑影。他知道那是绿森林的影子。绿森林深处传来大喇叭猫头鹰霍蒂瘆人的叫声。他又环顾了芳草地一周，芳草地另一端传来狐狸雷迪的叫声，给农夫布朗看门的猎狗鲍泽则用狂野的汪汪声回应雷迪。不知是什么原因，鲍泽的汪汪声让河狸帕迪不禁打了个寒战。生活在绿森林和芳草地一带的那些小动物们听见大喇叭猫头鹰霍蒂的叫声时也是这么一个反应。不管是猫头鹰霍蒂，还是狐狸雷迪，谁都吓不倒帕迪；可是，鲍泽的汪汪声他从没听到过，不知为什么，鲍泽的汪汪声让他有点儿心惊肉跳。我们知道，对帕迪来说，芳草地一来非常陌生，二来非常空旷，在这里，他一点儿家的感觉也没有。他还是喜欢绿森林的最深处。

　　"不行。"河狸帕迪说，"我不可能住在微笑池塘一带。微笑池塘的确是一个非常可爱的地方，不过，我不适合住这里，杰里表弟。在这里，我一秒钟的安全感都没有。另外，这里也没有什么可吃的。"

　　"哦，不是这样吧，这里有吃的东西。"麝鼠杰里打断帕迪的话，"这里有藕，有最可口的淡水蚌，有……"

　　"可是，这里没有树啊。"河狸帕迪说，"你们知道，我离不开树。"

　　杰里茫然地盯着帕迪，就像没有听明白似的，

"难……难道你吃树不成？"他问道。

帕迪笑了。"我只吃树皮。"他说，"而且，我一次要吃很多树皮。"

杰里的失望之情全都写在脸上了。"当然喽，你不能待在这里。"他说，"可……可我还以为我们可以快活地生活在一起呢。"

帕迪的眼睛里却闪烁起欢乐的光芒。"说不定我们可以住在一起呢。"他说，"我是这么想的，我可以住在流经绿森林的欢笑小溪一带，你们想我的时候，就去那里找我。我们来这里的时候，我看到过一个非常不错的洞，我想我可以暂时住在那里，你可以时常去看我。不过，要是让我留下的话，你、青蛙爷爷弗洛格，还有乌龟斯伯蒂必须替我保守秘密。除了你们，谁都不可以知道我住在这里。你们做得到吗？"

"我们当然做得到！"麝鼠杰里、青蛙爷爷弗洛格和乌龟斯伯蒂异口同声地说道。

"那好，我留下来。"河狸帕迪一边说，一边扑通一声跳进水里。

　　麝鼠杰里和自己的大表哥河狸帕迪不期而遇，他们的奇遇我也就暂时讲到这里啦。其实，杰里有很多表兄弟，其中的一位就住在芳草地一带，离微笑池塘不远。他就是田鼠丹尼。丹尼永远都不缺各种各样的奇遇，他每天都会有奇遇。如果你喜欢听他的故事的话，那你不妨去读一读下一本书——《鼠小胆的大冒险》。

伯吉斯的动物世界

　　桑顿·伯吉斯，美国著名儿童文学作家，自然主义者，自然资源保护论者。1874年出生于美国马萨诸塞州科德角半岛的桑威奇。那一带有着大片的树林和湿地，是野生动物们的乐园。伯吉斯童话故事中的微笑池塘、绿森林、欢笑小溪和老沙窝等就是以这里的池塘和森林作为原型的。

　　伯吉斯小时候家境贫寒，幼年丧父，中年丧妻，

晚年丧子，母亲还身有残疾。1906年，伯吉斯的爱妻尼娜撇下他和年幼的孩子，撒手而去。据说，伯吉斯就是从这个时候开始创作睡前故事，用这些优美、温暖陪伴他的儿子度过没有母爱的童年。1910年，他的第一部作品《西风老妈》面世。在接下来的50年间，伯吉斯笔耕不辍，创作了大量童话作品，取得了卓越的成就。伯吉斯凭借超乎常人的坚强毅力、博大的爱心，成就了非凡的人生，并影响着一代又一代的读者。他一生创作了170余部作品和15000余篇发表在报纸上的专栏作品。

1965年，伯吉斯去世，享年91岁。

伯吉斯在世界上有着深远的影响：

◆美国东北大学于1938年授予伯吉斯荣誉文学学士学位。

◆波士顿自然科学博物馆授予他一枚荣誉奖章，称赞他在"引导孩子们去探索更加广阔的世界"方面做出的卓著贡献。

◆野生动物保护基金会授予他一枚杰出贡献奖

章。

◆伯吉斯去世后，美国奥杜邦协会马萨诸塞州分会出资将他在汉普登的庄园买下，并在原址上建立了"欢笑小溪野生动物保护区"。

◆1976年，伯吉斯协会和伯吉斯博物馆成立。博物馆每年自5月底至10月中旬对外开放，其宗旨是"激励人们关心、爱护野生动物，保护大自然"。

◆1979年，伯吉斯大自然中心在迪斯卡弗里希尔路成立，此后每年都会有无数参观者慕名前来参加学习班和培训班，学习伯吉斯的大自然保护理念。

◆汉普登的一所中学为纪念他，以他的名字作为校名。

◆20世纪70年代，日本一家电视台将伯吉斯的动物童话拍摄成动画片。随后，许多国家引进该动画片。

◆伯吉斯的童话作品迄今已被翻译成瑞典语、法语、德语、西班牙语、意大利语、日语和汉语等多种语言。

卡迪的动物朋友

　　哈里森·卡迪，美国插画大师。1877 年出生于美国马萨诸塞州的加德纳。他在父亲的引导之下，对大自然产生了浓厚的兴趣，立志用画笔来表现自然之美，并开始模仿霍华德·派尔、弗雷德里克·雷蒙顿、亚瑟·伯德特·弗罗斯特等大师的作品。后来，当地一位名叫帕金斯的油画家收他为徒，教授他绘画。

从 1894 年开始，卡迪为《哈珀青年人杂志》《布鲁克林鹰报》《时尚好管家》《乡村绅士》《生活》《男孩生活》《星期六晚邮报》等报刊创作了大量插画。卡迪的绘画作品深受广大读者的欢迎，这其中就包括"迪士尼世界"的创始人沃尔特·迪士尼。艾美奖和奥斯卡最佳动画短片奖获得者、纽约大学电影学院教授约翰·康尼扎罗将卡迪列为对沃尔特·迪士尼有着决定性影响的画家之一。卡迪的绘画对其他作家和插画家也产生了深远的影响，这其中就包括"贝贝熊系列"的作者简·贝伦斯坦和斯坦·贝伦斯坦以及"斯凯瑞金色童书"的作者理查德·斯凯瑞。美国艺术档案馆、《纽约先驱报》档案馆以及伯吉斯博物馆都珍藏着卡迪的绘画作品。

卡迪和伯吉斯一直保持着长期的合作关系，为他的"睡前故事"的报纸专栏创作插画，并获得伯吉斯的高度认可。伯吉斯称赞卡迪画笔下的那些动物，诸如彼得兔、臭鼬吉米、蓝松鸦萨米、浣熊鲍比、水獭小乔、水貂比利、麝鼠杰里、青蛙爷爷弗洛格等，"奇妙无比，温柔可爱，犹如来自永恒的魔

幻世界"。

　　卡迪晚年仍一直坚持创作。他于 1970 年辞世，享年 93 岁。

精彩评赞集锦

　　我上小学时……我和我家人常去新罕布什尔州消夏。那里人烟稀少，我只能和我哥哥一起玩……我记得我那时酷爱动物童话，比如说"猪宝弗雷迪"系列和伯吉斯的动物童话等。我还记得在我哥哥忙自己的事而我手头又没有童话可读时，我就会感到百无聊赖，烦躁不安。

　　——诺贝尔经济学奖得主　乔治·阿克洛夫

　　我坚定不移地效法我父母，坚持给孩子们读书……为了能更好地为他们读书，我在戴维营、肯纳邦克波特和白宫准备了一大堆书。其中有《圣经故事》、芭芭拉·库尼的《花婆婆》、马丁·汉德福的《沃尔多在哪里》以及伯吉斯的动物童话等。这些书由于经常翻阅，已经快散架了。但我视它们为自己的孩子，依然珍藏着它们。

　　　　　　　──美国前总统小乔治·布什的母亲

　　　　　　　　　　　　　　芭芭拉·布什

　　卡迪对"迪士尼世界"的创始人沃尔特·迪士尼有着决定性的影响。

　　　　　　──艾美奖、奥斯卡最佳动画短片奖得主

　　　　　　　　　　　　　约翰·康尼扎罗

　　理查德·斯凯瑞的父亲是一位杂货店店主，他们的家境很不错，少年斯凯瑞读到过很多动物童话，其中就包括美国多产作家伯吉斯的动物童话。

　　　　　　　　　　──美国学者　鲍比·莱蒙特

用"宝典"一词来形容这套书（伯吉斯的动物童话）一点都不夸张。它让我们想起了那样一个时代——孩子们可以拥有自己的想法，可以让想象力自由驰骋，而不是像现在这样，仅仅是一群程式化的"小大人"。这套书将给家长和孩子们一种全新的体验，让睡前时光变成一段美妙无比的旅程。

——美国著名记者、作家　米奇·德克特

直到有了自己的小孩，我才意识到给孩子读这些睡前故事（伯吉斯的动物童话）是多么的有趣。给孩子们赠送图画书和童话书并不是件难事，但朗朗上口的童话故事总是可遇而不可求。家长们要是想让自己的孩子们和自己获得阅读的愉悦，这些故事将是不二选择。

——美国著名作家、《世界杂志》总编辑

马文·奥拉斯基

后记：动物们的世外桃源

　　童年生活，对幼年丧父、母亲半残的伯吉斯来说，绝非一曲意趣盎然的田园牧歌。但乐天知命的他始终保有一份"采菊东篱下"的浪漫情怀，每每回忆起科德角半岛，每每回忆起那里的草地和森林，每每回忆起自己在那里的漫游岁月，都喜欢用"美妙甜蜜"来形容。他坦言，他对那段世外桃源式童年生活始终怀有一份眷恋，正是这份眷恋塑造了他的自然观。虽然"在常人眼里，'大自然母亲'平淡而乏味"，但伯吉斯始终认为自己在科德角半岛的童年生活充满"世外桃源式的意趣"。这种意趣在他所创造的动物小说世界中无处不在。他为动物们创造的是一个怡然自得的世外桃源。这个世外桃源有着一派理想化的田园风光——在这里，动物们虽然会说话，但它们依照自己的习性生活着。青蛙爷爷弗洛格虽然会说话，虽然穿着漂亮的夹克，但它的行为是一只青蛙的行为，并没有被拔高到人类行为的高度。同样，彼得兔、浣熊鲍比、狐狸雷迪等，都依照自己的天然属性生活着。从这个意义上讲，这些故事和《柳林风声》一样，是真正意义上的动物故事。

在这个风景旖旎的世外桃源里，物竞天择的自然法则虽然无法抗拒，但小动物们始终能通过守望相助，过着惊险刺激而又丰富多彩的生活。它们热衷于在田间、草丛里、树林里、池塘中、洞穴里、蓝天中玩耍嬉戏，喜欢四处找乐子；有时候，为了满足自己的好奇心，竟然甘冒生命之险……不过，

在大多数时间里，它们还是不愁吃，不忧穿。正如伯吉斯在《永志不忘——一个业余自然爱好者的自传》中所描述的那样，它们似乎"有必要就这样长生不老地生活下去"。

在这个世外桃源里，时间似乎永远静止——春天的时光总是很长；冬天来临后，那些不需要冬眠的动物虽然会挨冻、受饿，但永远不会被冻死，也不会被饿死。在这个世外桃源里，死神似乎永远不会光顾。伯吉斯坦言，"有时候，忘却那些冷冰冰的科学事实和知识……欣赏光怪陆离的幻想世界……是一件愉悦的甚至是有益无害的事"。

在这个世外桃源里，人类只是边缘角色，很少闯入这里。在绝大多数时间里，人类只在农场里活动，那些农场和它周围的动物世界一样，也具有世外桃源的色彩。即使有偷猎者闯入，动物们也能通过守望相助让他们无功而返。在伯吉斯的笔下，那些动物在芳草地、绿森林、微笑池塘、欢笑小溪一带经历着一次又一次奇遇，而和这些地方毗邻的农夫布朗的农场只是一个背景。农夫布朗的儿子——

刚出场时，他是一位猎人的形象，动物们看到他都会望风而逃。不久，他成为一位动物保护者和救助者，偶尔会突然闯入动物们的世界，而那些动物——臭鼬吉米和负鼠比利大叔是它们中的代表人物，它们俩一想到鸡蛋就会垂涎三尺——则经常悄悄地溜进农夫布朗的农场里的养鸡场去偷鸡蛋吃。

但是，这些动物一旦离开那个充满欢笑的理想世界，溜进陌生的世界，它们马上就会失去安全感，经受着不安和恐惧的侵扰。它们最终会选择逃回它们的世外桃源。这正应了那句"金窝，银窝，不如自己的草窝"的俗语。

细细想来，伯吉斯笔下的这个世外桃源何尝不是人类几千年来孜孜以求的理想世界。从这个意义上讲，伯吉斯的价值观其实就是人类所共同追求的理想境界。因此，他的作品不仅适合儿童阅读，同样也可以让成年人获得感悟。

李现刚